如果櫻花盛開

The Cherry Blossom Day

築允檸 著

我想要給他一個幸福快樂的結局，
即使在這個結局裡，也許不會有我。

楔子

夏季的梅雨總是來得猝不及防，傍晚突然降下的一場豪雨，打溼了整座城市，遠處甚至忽現幾道紫色閃電。

出門前忘記帶傘，不想成爲落湯雞，我沒有選擇加入冒雨前進的行列，而是安分地站在公車候車亭，耐心等待這場雨過去。等了幾十分鐘，眼看雨有變小的趨勢，我試探著伸出手，綿綿細雨滴落在掌心，可天空另一端的烏雲似乎沒有消散的意思，黑壓壓一大片，待會雨勢恐怕又會變大。

考慮片刻，我決定趁這時候離開。

走上天橋前，我順道走進附近的便利商店買了把傘，剛結完帳，口袋的手機傳來震動聲響，我掏出手機瞥了一眼，是高中好友鄭語玲打來的。

我猶疑了好一陣子才按下接聽鍵，話筒那端立刻傳來鄭語玲冷漠且不耐煩的聲音。

「許若庭，妳可不可以告訴我，到底要到什麼時候妳才會清醒？」

我心裡清楚她這番沒頭沒尾的話在指什麼，嘴巴張了又闔，腦中轉過幾個說法，還是沒能開口回答。

我拿著手機，逕自打開傘走上天橋，以爲只要沒回應，這通電話自然就會結束，但走到了天橋中央，她還是固執地保持著通話狀態，像是已經摸透我的招數。

我深深吸一口氣，再次將手機貼近耳朵，刻意揚高語調：「哎呀！我剛剛下公車，沒聽到妳說了什麼。語玲我跟妳說，我今天眞的好累喔，被派去帶新來的實習生，現在的學生怎麼連EXCEL都不會用，我們當年有那麼菜嗎——」

「不要轉移話題。」她十分乾脆地打斷我，「我認識妳多久了，休想用那爛話劇社演技騙我。」

「話劇社演技怎麼了？欸，妳不要隨便攻擊話劇社！」

這次她直接略過我的話，拉回正題，「所以周澤彥是怎樣？三天兩頭來公司找李妍茗，上演溫馨接送情，不知道的人還以爲他是我們公司的員工，這卡打得還眞勤！」

「我不是說過了，妍茗是他高中社團學妹，他們又恰巧住得近，妍茗身體不太好，最近還因爲工作上的事情心煩，澤彥才會多照顧她一點，沒什麼大不了的。」我下意識替他們辯駁，結果似乎惹得鄭語玲更不滿。

「妳不用跟我解釋，我對他們的關係一點興趣也沒有！」她冷冷地回，「我只想知道爲什麼總是妳在受委屈？李妍茗一通電話，周澤彥馬上就趕來了，他有顧慮過妳的心情嗎？」

「他都有事先告訴我，況且在交往前我就知道他們的關係了……所以不要緊。」望著底下洶湧的車流，我抿了抿唇，想起昨晚周澤彥對我說的話。

「若庭，妳很獨立，什麼都能做得很好，可是妍茗不一樣，她需要我。我不知道妳今天是怎麼了，為什麼這麼無理取鬧？」

「妳眞的是……我都搞不清楚是周澤彥有問題，還是妳有問題了。」

鄭語玲恨鐵不成鋼的嘆息聲傳入我的耳裡。

是我有問題吧，我不應該讓周澤彥爲難，李妍茗初入社會遇到了困難，正需要別人的傾聽陪伴，我怎麼可以任性地要他留下來？

我從來沒見過他露出這麼不耐煩的表情，如果他因此而提分手怎麼辦？

「許若庭，妳知道嗎？自從妳跟周澤彥交往後，就變得愈來愈不像原本的妳了……」

鄭語玲似乎又接著說了什麼，但沉浸在懊悔中的我什麼也沒聽進去。

「語玲，我眞的沒事，我一點也不覺得委屈，妳別擔心。」最後，我只聽見自己這麼說，便結束了通話。

我重新拿穩歪向一邊的傘柄，緩緩走到天橋階梯的轉彎處，兩名共撐著一把傘的女高中生邊說笑邊走上來，與我擦肩而過。

我的目光停留在她們身上的白色制服，想到了李姸茗，她正是在這樣的年紀遇到了周澤彥。

和李姸茗不一樣，我是在考上大學後的暑假新生茶會上，才初次跟周澤彥見面。言談中我們發現彼此來自同個縣市，後來又一起參加了幾次地區校友會活動，於是自然而然熟絡了起來。

周澤彥健談風趣，我們愈走愈近，終於在大一下學期開始交往。

從十八歲到二十四歲，六年的時間，我人生的四分之一都有這個男人存在，可是我很明白，周澤彥和李姸茗擁有一段共同的青春，那是我永遠無法觸及的過去。

我不只一次在心底希望時間能倒流，讓我能比李姸茗更早認識周澤彥，但這個希望永遠不可能成眞，我只能努力接受李姸茗在他心中的分量，才不至於爲此感到太過心痛。

鄭語玲說我變得不像原本的我，但原本的我又該是什麼模樣？

直到那兩名女高中生的背影消失在階梯口，我才轉回頭，繼續向前踏往下一層階梯。

不知道是因爲短暫的走神，還是鞋底打滑，我腳步沒踩穩，來不及抓住一旁的扶手，隨即感覺整個人急速滾落，摔在了樓梯底端的地上，劇烈的疼痛瞬間蔓延全身。

失去意識前，我恍恍惚惚地想著，如果當初沒有認識周澤彥，沒有讓周澤彥走入我的人生，我會活成什麼樣子？

第一章

突然感覺整個人被打橫抱起，我想張開眼，眼皮卻像被什麼東西壓著，沉重得不行。

我好不容易將眼皮撐開一絲縫隙，逆光中只依稀見到一名男生模糊的面容，我的意識便又再度墜入黑暗。

當我完全清醒時，已不知過了多久，落入眼底的是被徐徐微風吹開的綠色簾子，和一抹穿著白色襯衫的挺拔背影。

他是誰？是抱起我的人嗎？

我還來不及開口詢問，他就已經抬步離開了。

我試圖撐起身，可一動作便渾身痠痛難忍。對了，我記得我從天橋的階梯踩空摔了下來，這裡是醫院嗎？是他送我來的？

「阿姨，我又來了！」

「小聲點，裡面還有同學在休息，你就不能安分一點，別把這當自己家跑？」

「阿姨，我這次是來借冰敷袋的，有人在球場扭到腳。」

「哎！你們這些學生，打球一定要打得那麼激烈嗎？」

我聽著他們的對話，又環顧了下四周，與其說這裡是醫院，似乎更像是……保健室？

我怎麼可能會在學校的保健室，應該是做夢吧？

我閉上眼睛，想要從這場夢境中脫離，卻被人粗魯地拽著手臂一把拉起，對方激動地搖晃著我的手。

「成功了成功了！妳不用裝睡了！」

被她這麼一晃，我痛得眼淚都快飆出來，「痛痛痛啊——」

「啊，抱歉抱歉！」來人迅速地放開我。

我這時才看清她的容貌，忍不住詫異，「鄭語玲？妳爲什麼穿著高中制服？」

不過，眼前這個女孩看上去比鄭語玲青澀了許多，難道我還沒從夢中醒過來？可是剛才的疼痛未免也太眞實。

「妳在說什麼？我姓蘇，蘇瑀凌，不是鄭瑀凌！」她探身過來摸摸我的頭，擔憂地問：「妳該不會摔下來時撞壞腦子了吧？」

我完全跟不上她的節奏，她怎麼知道我摔下樓梯？而且她說她姓蘇，但除了年齡有差異，她明明就和鄭語玲長得一模一樣。

「哎！看妳這表情是還在回味吧。」她曖昧地推了我的肩膀，我忍不住吃痛地嘶了聲，她著急地說：「對不起，我又忘了！不過能成功和他近距離接觸，我看就算得痛三天，妳也會覺得很値得。」

這又是什麼意思？莫名其妙的訊息量實在過於龐大，我的腦子裡一團混亂，甚至不知該從何問起。

「好了，既然妳沒事，那我們就走啦！」

「要去哪？」我疑惑。

「回家啊，都放學了妳還想在保健室躺多久？我連書包都幫妳拿來了。」

不明白現在是什麼狀況，我猶豫地聽從她的話，緩慢起身下床，赫然發現自己身上穿的也是高中制服。

「妳自己走可以嗎？腳有沒有扭到？」她伸手要攙扶我，我搖頭婉拒，右腳雖然疼痛，但不至於無法行走。

離開保健室前，我朝牆上的鏡子瞥去，鏡子裡的那張臉，是我高中時的模樣。如果這不是夢，難道是上天聽見了我的請求，讓我回到過去了？但若眞的回到了過去，這個跟鄭語玲如此相似的女孩，爲何自稱姓蘇？

走到校門口，女孩左右張望了下，「今天佟默哥好像比較晚來……欸，妳要去哪裡？」

聞言，我扭過頭，「回家啊。」

「佟默哥今天不來接妳嗎？」

「誰？」我下意識地反問。

女孩不敢置信地瞪大眼，「我的天，妳連自己的哥哥都不記得了？這下是不是要對佟默哥坦白，讓他帶妳去看醫生？不行、不行，如果佟默哥發現我和妳串通做出這種事，他一定會對我很失望，怎麼辦啊……」

哥哥？我是獨生女，哪來的哥哥？

看著她焦慮地來回踱步，我的頭愈來愈痛，事情發展至此，已經有太多不合常理的地方了。

此時，一名看起來像大學生的年輕男子朝我走近，他出眾的外貌加上頎長的身型，引來了周遭女學生的注意。

「佟默哥！」女孩熱情地向他打招呼，「你今天怎麼來得比較晚？」

「教授晚下課，耽誤了一點時間。佟寧怎麼了嗎？」

「什、什麼怎麼了？」女孩眼神飄忽。

「不然妳為什麼幫她背書包？」

「這個……她、她剛剛經過球場時，不小心摔了一跤。」女孩邊說邊向我使眼色，「但沒什麼大礙，對吧佟寧？」

我頓了半晌，才意會過來她是在叫我，不過……

「妳叫我什麼？」我撇過頭望向她。佟寧？那是誰？

女孩與我對視了幾秒，突然浮誇地捧腹大笑，還伸手打了我肩膀幾下，「哈哈哈，佟默哥，佟寧最近很愛和我開這種玩笑。」

「沒大礙就好，謝謝妳，瑀凌，包包給我就可以了。」從女孩手中接過書包，男人又說：「那我們先走了，妳自己搭車回去小心。」

女孩乖巧地應聲：「好。」

看著眼前的她用那張和鄭語玲一樣的臉孔露出害羞的表情，再想到二十四歲的鄭語玲那副大剌剌的模樣，如此巨大的落差讓我覺得非常……毛骨悚然。

我搓了搓起了雞皮疙瘩的手臂，不禁感嘆歲月真是把無情的殺豬刀。

不對，要不是因爲被大學直屬學長那個渣男狠心欺騙，導致鄭語玲對男人徹底失望，憤而剪去一頭飄逸長髮，連性格也變得剽悍起來，我想她現在還是個內心充滿粉紅泡泡的少女。

「……佟寧？佟寧？」

感覺手臂被人碰觸，屬於陌生男人的氣息靠近，我心一驚，猛地甩開對方，向後倒退了好幾步。

他驚訝地問：「佟寧，妳怎麼了？」

我很快鎮定下來，看向眼前據說是我哥哥的男人，他的名字是……佟默？而他也叫我佟寧？現在的我到底是誰？

「佟寧？」

我搖搖頭，「沒事，我只是在想事情，所以嚇到了。」

「我看妳走路不太穩，要我扶妳嗎？」

「沒關係，我可以自己走。」

佟默並不介意我反常的舉動，只是放慢速度走在我身邊，「對了，昨天爸爸打電話回家，問妳想要什麼伴手禮，不過妳睡了，我就幫妳回了巧克力。」

「爸爸？」我更詫異了。

佟默沒有察覺我眞正的疑問，回說：「是啊，妳不是最喜歡巧克力？」

我很喜歡巧克力沒錯，可是……從小就在單親家庭長大、由母親一人照顧的我，怎麼可能會有爸爸？

更令我困惑的是，我原本住的地方是透天厝，然而眼前出現的「家」，是一棟公寓大樓。

「寧寧回來了啊！」

我跟在佟默後面進門，一名中年男子看到我，便立刻從沙發上彈起，滿臉笑意拉著我到餐桌旁，獻寶似的將一堆禮盒推到我面前。

「記得妳愛吃巧克力，爸爸特地買了這麼多，快嘗嘗看！」

「你哪裡記得，明明還打電話回來問哥哥。」從廚房裡端湯出來的婦人毫不留情地吐槽，「行了，先收起來，準備吃飯了，不要吃了零食反而吃不下正餐。」

「我是怕寧寧還有其他想要的東西，才打回來跟佟默確認。」中年男子一邊回嘴，一邊不情願地收拾著，卻趁婦人轉身時，偷偷拿了一顆巧克力遞到我嘴巴前，「別理妳媽，吃顆巧克力而已，管這麼多，快吃快吃！」

我本想說不用，但又拒絕不了他的熱情，猶疑了幾秒，我伸手接過放進口中，「……謝謝。」

香濃的味道充滿口腔，不死甜並帶了點苦味，看了一眼巧克力的牌子，我知道這一顆要價不菲。

「好吃嗎？」中年男子期待地看著我。

「嗯。」

見我輕輕點頭，他的眼角笑出了魚尾紋，滿足的神情像吃到巧克力的人是他，而不是我。

我一時愣了神，還是佟默失笑提醒：「巧克力有這麼好吃？吃到都傻了，先回房間換衣服再出來吃飯吧。」

「喔，好！」我呆呆地點頭，轉身走了幾步，接著就聽到後方傳來一聲粗啞的大叫。

「寧寧妳怎麼了？」

我疑惑地扭過頭。

「妳的腳受傷了？」中年男子走過來將我從頭到腳打量一遍，擔心地問：「在哪弄傷的？有沒有哪裡不舒服？我馬上開車帶妳去醫院。」

「呃……」我回想起那個長得像鄭語玲的女孩說過的話，情急之下脫口而出：「好像是在操場……」

「操場？打球受傷的嗎？」婦人也湊了過來。

「嗯……經過球場時不小心跌了一跤？」我也不清楚事情的眞相，只能心虛地解釋一句，雖然這麼說會顯得我很笨。

可他們似乎不覺得奇怪，看見他們眼裡深深的擔憂，我連忙扯出一抹笑，「沒什麼大礙，只是稍微扭到而已，下午也去保健室了，不用去醫院。」

縱使我再三保證自己沒事，他們依然不放心地檢查過一遍，才小心翼翼地扶我回房間。

這下也好，我不用猜測自己的房間是哪一間了。

等到房間只剩下我一個人，我無力地趴在床上。

這到底是怎麼一回事？我以爲我回到了過去，可這個世界和我的記憶完全對不上。

我不但多了個爸爸和哥哥，媽媽也換了個人，到目前爲止，除了自己和好友的長相，我找不到任何一處和我的世界相同的地方，就連名字也不是我原本的名字。

難道是我的靈魂穿越到另一個時空裡，和我長得一模一樣的人身上……

怎麼可能，太不合理了！雖然回到了過去也很不合理。

不，我現在思考這種事，本身就荒謬至極。

還沒理出頭緒，一旁的書包突然傳出震動聲響，我手忙腳亂地從中拿出手機，來電顯示是「蘇瑀凌」。

蘇瑀凌……不光是姓氏，連字也不一樣，原來她眞的不是我認識的那個鄭語玲。不知道爲什麼，總覺得有些傷心，連唯一熟悉的人也不是原先認識的樣子。

「喂，佟寧，妳不會已經跟佟默哥坦白那件事了吧？」待我接起電話，蘇瑀凌劈頭就問。

「什麼事？」

「就是妳故意踩空樓梯，跌到顧琮身上的事啊，妳沒跟佟默哥說我有幫妳吧？」

「踩空樓梯？」

「我可是警告過妳這麼做很危險，是妳聽不進去，我不得已才答應幫妳注意顧琮的動向，妳沒背叛我吧？佟默哥這麼疼妳，他要是得知我是共犯，我大概就完蛋了！」

踩空樓梯？顧琮？

從蘇瑀凌說的話推測，那天當我從天橋跌落時，這個叫佟寧的女孩很可能也恰好從樓梯踩空摔倒，所以我才會穿越到她身上？

等等，顧琮這個名字……

「欸，佟寧，妳有沒有在聽？」

顧琮、佟寧，這兩個人不是——

腦海瞬間閃過一個念頭，我震驚地瞪大眼，指尖忍不住發顫，不會吧……

「喂！佟寧，妳到底有沒有在聽我說話？」

「有、有，我聽到了，我沒跟他說。不好意思，今天先這樣吧。」我匆匆掛掉電話。

我的腦中一片混亂，一時間還無法接受這個事實。原本聽到「佟寧」這個名字還沒反應過來，但當「佟寧」和「顧琮」這兩個名字一起出現時，我就有印象了。

我不是回到過去，也不是穿越到另一個平行時空……

我是穿進小說裡了。

「寧寧，快起床，要遲到了！」

窗簾唰的一聲被拉開，陽光攀上我的眼皮，我悶哼兩聲，扯過棉被蒙住頭，「嗯……再給我五分鐘，五分鐘就好，我再睡一……不行，上班快遲到了，我的全勤獎金！」

我猛然從床上彈起，當陌生的房間擺設映入眼簾，我愣了下，揉揉眼睛，接著用力掐了把自己的臉。

好痛！

原來這不是夢。

我失望地垂下肩，昨晚還以爲只要睡一覺，醒來一切都會恢復正常，看來是我想得太簡單了。

「做夢了啊？今天妳的腳有好一點嗎？」站在房門口的婦人溫柔地對我笑了笑。

我小心地彎起膝蓋，又稍微動了動身子，已經沒有昨天的痠痛。不知道是年輕人的身體恢復力強大，還是昨天擦的藥特別有效，總之傷處明顯好了許多，「嗯，好多了。」

「那趕快起來刷牙洗臉吧，哥哥已經在吃早餐了。」

正好我也想去學校看看，或許重回昨天佟寧跌下的樓梯，我就能找到回去的辦法。

進到浴室洗漱，我盯著鏡子裡反射出的臉，完全無法理解爲什麼我會來到這個世界。

在跌下天橋前，我想的都是周澤彥和李妍茗的事，如果上天真的聽見了我的願望，那也應該讓我回到過去才對吧？

思及此，我再度想起那天晚上因爲李妍茗和周澤彥鬧得不歡而散。都還沒能向他道歉、和好，我就意外被困在了這裡……

「佟寧，好了嗎？」佟默的聲音從門外傳來。

「好了，我馬上出去！」

梳洗完畢換上制服，我背起書包，直覺地走往玄關穿鞋，婦人卻喊住我，「寧寧，妳不吃早餐嗎？今天沒有胃口？」

我轉頭看見餐桌上豐盛的早餐，不由得一愣，「我們平常……都在家吃嗎？」

「妳這孩子還沒睡醒啊，媽媽不是每天都做早餐給你們吃嗎？」中年男子失笑，「快來吃一吃，待會爸爸開車送你們上學。」

我依言來到餐桌邊坐下，拿起培根蛋吐司，正想咬下一口，隨後便被炙熱的目光牢牢注視著。我嚥了嚥口水，遲疑地開口：「那個……你們一定要看著我吃嗎？」

「我就讓你別老是看著她，寧寧都覺得不自在了。」婦人沒好氣地說。

「還不是因爲我家女兒太美了，我出差一週都見不到，現在當然得多看幾眼補回來。」中年男子笑嘻嘻地說。

第一次面對這樣近乎溺愛的直白表達，我有些適應不了，只能尷尬地彎了彎嘴角，最後還是佟默出聲制止了他們的舉動：「爸媽，你們讓她好好吃早餐吧，再拖下去眞的要遲到了。」

多虧佟默，我總算能安穩用餐。

在前往學校的途中，中年男子一邊開車，一邊仍不停地與我搭話，疼愛之情溢於言表。然而每當對上他溫暖的眼神，我總是不知該如何反應，因爲那是我從沒感受過的父愛。

打我懂事以來，生活中便沒有爸爸的存在，是媽媽獨自撫養我長大的。而作爲家裡的經濟支柱，媽媽每天早出晚歸，和我相處的時間很少。

有很長一段時間，我都羨慕著別人的家庭。

我不明白爲什麼同學們都有爸爸，但我沒有；爲什麼同學們的媽媽會準備早餐，我卻只有桌上留下的一百塊錢。

心裡的不平衡讓學生時期的我過得很不快樂，直到高二開始嘗試寫小說，爲了彌補這份遺憾，我把內心對生活的憧憬全都寫進去了——

這個世界不是我看過的小說，而是七年前我親筆寫下的故事。

我不懂，爲什麼我會穿越到自己寫的故事裡？

這個在高中時寫下的作品，文筆青澀不說，劇情也亂七八糟，完全不合理，這種黑歷史就應該塵封在電腦硬碟裡，永不見天日。況且，這還是一個沒有名字、沒有結局，寫到一半就腰斬的故事，連我自己也不曉得後來的劇情會怎麼發展。

難道這是故事對棄坑作者的報復？

我站在校門口前，心中一陣惆悵。

「同學，快打鐘了，還不進來，妳想被記遲到嗎？」前方的教官厲聲朝我說道。

聞言，我回過神，趕緊小跑步跨入校門。

隨後，我茫然呆立在川堂，就算是自己寫的故事，但過了七年，我幾乎不記得劇情了，何況是年級和班級這種細節設定。

我低頭看向制服口袋上繡的兩條槓，和我的高中制服是一樣的設計，代表我是高二生，那班級呢？難不成要去學務處問？

忽然，有人拍了拍我的肩膀，跳到我面前問道：「站在這裡幹麼呢？」

「鄭語玲？」我驚喜地看著她，救星就出現了。

她朝我翻了個白眼，「我要說幾次，我姓蘇，妳幹麼從昨天開始就一直幫我改姓？」

昨天我一直想不通爲什麼蘇瑀凌明明頂了張和鄭語玲一樣的臉，名字寫法卻不同，現在得知這裡是小說裡的世界後，這個疑問終於有了解答。雖然記憶不是很清晰，但當時我多半是擅自用了她的名字，只是換了個姓氏、改成同音字，避免完全一樣。

見蘇瑪凌滿臉不解，我打哈哈帶過，「就……前幾天看了部韓劇，男主角姓鄭，我覺得這個姓滿好聽的，不小心口誤了。」

我笑得嘴角都僵了，她依舊皺眉盯著我，「是我的錯覺嗎？怎麼感覺妳怪怪的？」

「哪裡怪？不是很正常嗎？」我強裝鎮定。

她瞇眼逼近我，「嗯——」

我的手心滲出薄汗，幾秒的時間像過了一個世紀般漫長，她才聳了聳肩說：「哎，可能我最近睡眠不足，才會想太多吧。都是駿逸啦！就算他是班導也不能每個早自習都拿來考英文單字啊，回家光是讀英文，其他科目都不用溫習了。」

聽到蘇瑪凌自己換了個話題，我暗自鬆了口氣。

我跟著蘇瑪凌走，一邊留意教室的配置。在回去原本的世界前，我得扮演好佟寧這個角色，不讓旁人起疑。萬一被察覺不對勁，我很難給出合理的藉口，而說實話應該也沒有用，畢竟誰會相信我是穿越過來的？大家不把我當瘋子才怪。還是不要惹出太多風波，以免出了差錯，導致我回不去現實世界。

幸運的是，這所學校和我印象中的高中校園並無太大差異，教室的位置也一致，大概是因為這是我筆下構築出來的世界，當時的我礙於生活經驗有限，於是直接參考了自己身處的環境來撰寫。

我們停在二年十班的門口。

連班級都跟我高二時一樣，看來之後要適應這裡的校園生活沒那麼困難，至少我的記憶不是全然派不上用場。

進到教室放下書包，我正想找蘇瑀凌詢問佟寧昨天跌下的樓梯在哪裡，就被一名女同學拉住。她把竹掃帚塞進我懷裡，不滿地皺起眉，「佟寧妳是不是又想溜走？拜託妳認真點，其他負責外掃區的同學都來找我投訴了。」

「可是我……」

「別想找藉口！」她朝我逼近一步，「今天不管妳有什麼理由，一定要來外掃區，上次班級整潔比賽沒得獎，害我被老師叫去問話，今天我絕對不會讓妳逃掉的！」

說完，她把我拖到班上的外掃區——籃球場，全程緊盯我打掃。

「欸，佟寧，那裡沒掃乾淨！」

「這邊有飲料杯！」

「佟寧，隔壁班打掃區的落葉被風吹過來了！」

我被她使喚來使喚去，就算換了個十七歲的年輕身體，掃完一整座籃球場，我的骨頭還是快散了。

「對嘛，這不是做得很好嗎？」那位女同學滿意地看著我，「繼續保持下去，相信下次整潔獎牌一定能回到我們班，加油！」

這是什麼職場長官精神喊話的既視感？難怪都說學校是小型社會。我忍不住抽了抽嘴角，敷衍地回：「嗯，加油加油。」

不過打掃並沒有就此結束，最後我還得去倒垃圾。

將垃圾提到資源回收場後，離上課還有點時間，我心血來潮，決定從另一個方向繞回教室。

剛才我就發現了，校園的占地似乎比我印象中大上許多，風景也不太相似，甚至還有……一座湖！

我猜肯定是當時的我在畢業旅行去了大學參訪，受到影響，把一些對校園的憧憬寫進了小說裡。

走上木製小拱橋，綠蔭倒映在湖面，還有幾隻天鵝悠遊在其中。

這就是十七歲的我所嚮往的校園景色嗎？

可眞正成爲大學生後我才知道，校地廣大其實不如想像中美好，不僅趕課常常得花五分鐘以上，若遇上早八的課更是一場噩夢，不多預留一些時間往往就會遲到。

想到這裡，我忍不住笑了出來，這就是幻想和現實的差距嗎？

生。

隨意漫步來到圖書館旁，我發現有棵盛開的櫻花樹，周圍聚集了不少駐足的學生。

見到這般美麗的景致，我也忍不住湊上前欣賞，畢竟在現實世界中，想要看到開得如此漂亮的櫻花樹，有時需要一點運氣。

「不是聽說這棵櫻花樹不會開花了嗎？」

「我聽說是只會開一次花，所以這次開花是第一次也是最後一次了？」

聽見一旁同學的對話，我好奇地問：「爲什麼這棵櫻花樹只會開一次花？是什麼特殊品種嗎？」

「妳沒聽說過？這可是我們學校很有名的傳說，由來沒人清楚，只知道和一段淒美的愛情故事有關。據說這是一棵只會開一次花的櫻花樹，若是能親眼見到它開花，就會發生好事。」女同學親切地說明，「本來嘛，我覺得校園傳說不能當眞，可是沒想到昨天一場大雨後，這棵櫻花樹居然一夜盛開了，很神奇吧？還有學長姊聽到消息特別回來看呢。」

我抬起頭，看著滿樹繁花爛漫，雖然記不清當初爲什麼會設定這樣一個傳說，但盛開的櫻花樹讓我感覺有點悲傷。櫻花的美本就因爲短暫的花期越加突顯，而窮盡一生只能綻放一次的櫻花樹更有種悲壯的美麗。

忽然，一陣強風颳來，粉色花瓣隨風飄落，交錯在眼前，彷彿下了一場浪漫的粉紅雨。

我不自覺地伸出手，當花瓣掉落到掌心時，幾名拿著竹掃帚打鬧的學生撞了我一下，一時間我站立不穩，踉蹌著撞到了後方的人。

「抱歉。」我忙不迭地說，卻聽背後傳來一道細微的嘆息。

「妳這次又想玩什麼把戲？」

我疑惑地轉過身，是一位長得很好看的男孩子，果然在小說的世界裡，處處可見帥哥美女。

不同於佟默斯文柔和的長相，這個男孩五官精緻、鼻梁高挺，細長的眼睛給人一種銳利的感覺，氣質獨特清冷。

「夠了吧，我真的很困擾。」男孩連說話的語調都是冷的。

「你是不是有什麼誤會？」我吶吶地開口。

「妳說妳做的那些事都是誤會？」他哼了聲，看向我的眼神充滿厭惡，「好，那就當之前都是誤會，我希望妳以後別再接近我，我不可能喜歡上妳的。」

我被拒絕得莫名其妙，一旁的同學們還煽風點火。

「哇，顧琮這是當眾拒絕佟寧了？佟寧好可憐啊。」

「妳說佟寧會不會放棄？」

「她要是那麼容易放棄，佟寧就不是佟寧了，她可是死纏爛打追了顧琮一年半，臉皮厚到連子彈都穿不透。」

「不過說眞的，我要是顧琮也受不了她。」

顧琮？

這個男孩就是顧琮？小說裡佟寧倒追的那個顧琮？我上下打量他，長得好看有什麼了不起，我怎麼會寫出如此沒教養又沒禮貌的男主角？

我不知道佟寧的臉皮是不是眞的厚到連子彈都打不穿，但成爲周遭人群議論的焦點，讓我的心情非常鬱悶。我根本不是佟寧，也不是自願來到這個世界，憑什麼得被一個小屁孩當眾羞辱？

顧琮說完轉身就走，我一口氣實在憋不住，大聲開口：「不用你說——」

他回頭看我，微微蹙眉。

「是我之前看走眼。」我故意朝他露出不屑的笑容，「正好，我也不打算繼續喜歡你了。」

此話一出，周圍又是一陣躁動，我沒多加理會，只用力抬高下巴，面無表情地從顧琮身旁走過。

我不斷叮囑自己，抬頭挺胸、氣勢不能輸！直到回到教室才放鬆下來。

如果在現實世界被人這樣冷眼對待，我一定孬得不敢回半句話，哪敢像今天這樣反擊。

不過好歹佟寧也是我筆下的女主角，是我對不起她，爲她安排了一個那麼沒風度的對象，幸好現在改變她的命運還不算遲。

咦，那個從教室前門走進來的身影怎麼那麼熟悉？

而且爲什麼他一直往我的方向走來？顧琮也在這個班級就讀？早自習時明明沒看見他……該不會他是特地來找我算帳的吧？

我頓時感到異常緊張，低垂著頭，不敢和他對到眼。

我屏住呼吸，注意到顧琮從我的座位旁經過，接著後方座位的椅子被拉開——我幾分鐘前暗罵的對象，居然是我的後座同學。

這是什麼可怕的巧合，爲什麼要這樣整我？我剛剛就不該逞口舌之快，這下尷尬了吧！

得意沒多久，我又孬了，果然我還是那個我。

距離上課鐘響已經過了一段時間，化學老師遲遲沒出現，於是小老師決定去辦公室找人。

趁著這段時間，大家各自聊起天來，我和蘇瑀淩的位子隔得遠，又不熟悉左右鄰座，只能坐著發呆，偏偏一放空便冷不防想起顧琮漠然的眼神。思及他人就坐在正後方，我不禁有些坐立難安。

雖然是他先出言不遜，但我何必跟他計較，畢竟我又不是眞正的佟寧。果然衝動是魔鬼，爭那一口氣做什麼呢？

幾分鐘後，小老師抱著一疊考卷，氣喘吁吁地跑回來，「化學老師臨時有事，會晚一點進教室，他讓我們先寫考卷，算一次小考成績。」

此刻，我實在不願面對顧琮，於是接過從前方傳來的化學考卷後，我以極其彆扭的姿勢凹折手臂，用不轉過頭的方式，將手中考卷往後遞，隨即便懊惱地把頭埋在桌面上。

許若庭，妳究竟在做什麼？這不過是個虛構的小說世界，妳居然怕面對一名高中生？

「欸，佟寧，不准作弊！」

突然被點名，我抬起頭，化學小老師指著我的鼻子警告：「猜了還有分數，作弊直接算零分！」

他也太瞧不起人了！一下說我用猜的，一下說我作弊，這些知識姊姊我老早就學過了，怎可能需要用猜的，更用不著作弊。

我拿起筆，看清試題後，忍不住一怔。

……這是什麼？確定沒有拿錯試卷嗎？

「在室溫，某高壓鋼桶盛入液態二氧化碳，其密度……」我默念題目，眉頭越蹙越緊。我高中時有學過這些？

「在100℃，1atm下，使液態水……」

奇怪了，爲什麼我一題都看不懂？

教室裡很安靜，僅有鉛筆摩擦考卷的沙沙聲響。

同學們都在振筆疾書，我卻已經放棄掙扎，撐著頭看向黑板左上角的大考倒數日，不由得有些懷念。曾經我覺得被考試填滿的生活很煩悶，巴不得趕緊畢業上大學，可如今重回高中校園，我反而懷念起那個只因爲考不好就以爲世界要毀滅的自己，還有那個敢於做夢的自己……

不知過了多久，化學老師推門進來，劈頭就說：「抱歉來晚了，考卷都寫得差不多了吧，有沒有人還沒寫完？」

從回憶中猛然回神，我驚恐地盯著眼前一片空白的考卷，連忙舉手，「老、老師，我還沒寫完！」

「佟寧？妳需要多少時間？五分鐘夠嗎？」

「夠了夠了！」我用力點頭，橫豎也不會寫，五分鐘猜完綽綽有餘。

在選擇題的部分胡亂填上一排順眼的答案，我匆匆寫下姓名，再次舉手，「我寫完了。」

「還有沒寫完的人嗎？」老師環顧班上一圈，「沒有的話就交換改，把考卷往後傳。」

往、後、傳？

我心頭一驚，這化學老師會不會太懶惰了，遲到就算了，連考卷都不收回去自己改？

「都往後傳了嗎？我要開始念答案了。」老師再次催促。

冷靜！只要能找到回去的方法，這裡的一切就與我無關，沒必要繼續糾結，把顧琮當作路人，盡量無視他就好。

我牙一咬，迅速將考卷放到後方桌上。

對完答案，我感覺自己的椅背被敲了兩下，我看都沒看顧琮一眼便抽回自己的試卷。

不出所料，我的分數淒慘無比，今天的運氣有夠差，以前選擇題不會寫，猜B和C也能矇對幾題，怎麼這次連五題答案都是A？設計考卷的人不知道要平均分配選項嗎？

下課鐘聲響起，化學老師宣布：「麻煩每排的最後一位同學幫我把考卷收上來。」

當負責收卷的同學走到我的座位旁邊時，我正要交出試卷，目光卻不經意瞥到寫在姓名欄的「許若庭」三個字，頓時怔住。

「我、我還想再看一下這題。」我慌張地拿過筆袋蓋住姓名欄，「你先收其他人的吧。」

「那妳等一下自己交給老師。」

「嗯。」

真是的，才下定決心要扮演好佟寧，轉眼就差點破功，萬一被老師看到，我說破了嘴也解釋不清，好險及時發現。

等那位同學離開，我立刻用立可帶塗掉許若庭三個字，寫上佟寧。

寫完，盯著塗改的痕跡，我突然有種把自己弄丟了的錯覺。倘若真的回不去，我是不是得永遠留在這裡，以佟寧的身分繼續生活下去？

不會的，一定能夠找到回去原本世界的方法。我甩甩頭，拋開消極的想法。

繳交完考卷，我直奔蘇瑪凌的座位，「快帶我去。」

蘇瑪凌一愣，「什麼？」

「昨天我跌下來的那道樓梯呀。」我說：「帶我去那裡！」

「什麼跌下來？說得好像妳是不小心似的。」她吐槽我，「妳明明就是故意摔下來的。」

我被她堵得一噎，「隨便啦，不管是不小心還是故意都好，總之妳先帶我去看一下。」

「奇怪，那不是妳自己安排的地點嗎？」

在我的不斷要求下，蘇瑀凌雖然一臉莫名，還是領著我來到事發現場。

「妳說妳觀察過了，下午的打掃時間結束後，顧琮固定會走這裡回教室……喂！佟寧，妳在做什麼？」

我跑到樓梯的最底下，從那階往下跳，沒有任何異狀，於是我又再往上爬一階，一次躍下兩階，依舊什麼也沒發生。接著我鼓起勇氣一次躍下三階，還是並未出現任何我所期待的變化。

不應該這樣啊，既然我是在佟寧摔下樓梯的瞬間穿越來的，照理說只要重現一遍當時的情況，或許就能回去了，難道是跳下去的高度還不夠？

我又往上爬高一階，剛想往前邁出腳步，蘇瑀凌立刻拉住我，「神經病啊，妳到底在幹麼？摔一次還不夠？」

「妳還記得佟寧昨天是從哪摔下去的嗎？」我焦急地反抓住她的手臂，「她是怎麼跌的？能告訴我詳細的經過嗎？」

「妳在說什麼？妳不就是佟寧？」蘇瑀凌瞪大眼睛看著我。

意識到自己的口誤，我稍微恢復了一點理智，「對，我、我的意思是，妳還記得我是從哪一階摔下去的嗎？」

「妳今天真的很奇怪，不只當眾對顧琮嗆聲，然後又莫名其妙跑來跳樓梯。」蘇瑀凌看著我，眼裡滿是不解，「不管妳在動什麼歪腦筋，最好還是放棄吧，同一招顧琮不會上兩次當的，到時候妳反而先把自己弄殘，多不划算。」

「妳知道我對顧琮說了什麼？」我訝異。

「我聽說的，那棵櫻花樹突然開花，大家都搶著去看，你們選在那個地方講話，圍觀的人那麼多，消息一下就傳開了。更何況這還是顧琮的八卦，向來只有顧琮拒絕別人的份，這可是他第一次被女生當面說不喜歡他。」蘇瑀凌道：「不過妳之前不是說等櫻花開了要向櫻花樹許願，希望顧琮能喜歡上妳，向妳告白……妳現在這樣是欲擒故縱還是逆向操作？」

完了，這下真的完了！我內心頓時一陣絕望。

「我想聽聽看妳有什麼鬼點子，妳每次的發言總是能突破我的想像。」蘇瑀凌湊近我，一副看好戲的表情，「只要不是危險的事情，我還是可以考慮幫妳的。」

這是稱讚嗎？怎麼聽起來怪怪的？

「我沒有在打什麼主意，是顧琮先開口傷人的。」我面無表情，不帶情緒地複述剛剛顧琮所說的話，並爲自己辯駁，「他是不是很過分？在大庭廣眾之下說得那麼難聽！」

還以爲身爲佟寧摯友的蘇瑀凌會和我一樣激動憤慨，但她卻露出了有點微妙的表情。

「我能做什麼，他需要把話說得那麼絕嗎？」我不解地問。

蘇瑀凌小聲地說一句：「妳做得可多了呢。」

「什麼？那妳倒是說說看啊！」佟寧不過是一介高中女生，行徑能多誇張？

「從高一新生訓練對顧琮一見鍾情開始，妳就偷偷從班導那邊弄來了他的聯繫方式，分組時威脅利誘同學換到和顧琮同組，數不清有多少次在抽籤換座位時私下動手腳，讓自己可以坐在顧琮附近，還有……」

「好了！」

蘇瑀凌一臉可惜，「欸？我還有很多精彩的事蹟沒說到耶，比如照三餐噓寒問暖……」

「夠了夠了！」我制止她，實在聽不下去。

雖然是自己寫出來的女主角，但這死纏爛打的程度，光聽我都替顧琮感到心累，難怪他會對我那麼不耐煩，能夠忍到現在才爆發，也算有風度了。

「我到底是怎麼想出這些花招的啊？」我嘆氣。

「我也很想剖開妳的腦袋看裡面裝了什麼。」蘇瑀凌也嘆氣。

聞言，我的視線不自覺移往腳下的樓梯。

還是再試一次吧，現在也想不到其他辦法了……

念頭剛起，蘇瑀凌彷彿心電感應似的，馬上抓住我的手，「妳眼睛盯著下面又想幹麼？要打鐘了，快回教室吧。」

我定在原地不肯移動腳步。

蘇瑀凌認真地看著我，「佟寧，妳別鬧了，如果弄不好會死的，上次是我腦子不清楚跟著妳胡鬧，但我這次不可能再眼睜睜看妳做危險的事，萬一被佟默哥知道我就慘了！」

我忽然醒悟過來。方才我一個勁地想從樓梯躍下回到現實世界，完全沒考慮到後果，萬一失敗了呢？這樣我不但無法回去，還可能受傷或死亡，若我這個主角出事，導致故事無法繼續發展，那我是不是就再也回不去了？

「聽見沒？不准想也不准做啊。」她再次警告。

「嗯。」我點頭，考慮到太多不可預期的因素，我只能暫時打消這個想法。

第二章

我本來對佟寧的所作所爲還有些半信半疑，結果接下來經歷的一切立刻證明蘇瑀凌所言不假。

我很理解顧琮不想再被騷擾的心情，再加上早上說了那番尷尬的宣言，因此我自然是想遠離顧琮的。但姑且不論前後桌的關係，我發現不管換到哪間科任教室，還是分組作業討論，我統統避不開他。

同樣無法擺脫的，還有我和顧琮之間的傳聞。

據蘇瑀凌所說，我之前倒追顧琮追得太過猛烈，以至於所有人都不相信我會就此放棄，還等著看我葫蘆裡賣的是什麼藥。

得另外想辦法回到現實已經夠讓我焦慮了，現在又得煩惱人際關係，我按了按太陽穴，一整天下來只覺得疲憊至極。

放學後，我看見佟默站在校門口，周圍圍著一圈爲他駐足的女孩，於是隨口問了蘇瑀凌：「他怎麼又來了？」

「妳說佟默哥？佟默哥不是有空就會來接妳回家嗎？」蘇瑀凌像是想到了什麼，瞪大雙眼看我，「我說佟寧，妳不會是進入叛逆期，所以不想和哥哥走在一起？千萬不行！妳不知道學校有多少女生盼望著放學這一刻看一眼佟默哥，這可是我們每天上學的動力啊。」

多少女生？我看蘇瑀凌說的是她自己吧……

不過，我倒是想起佟默的設定是怎麼來的了，現實中鄭語玲有一個哥哥，高中時曾來接過她放學，那一幕讓沒有手足的我羨慕不已，即使鄭語玲時常抱怨她哥哥以整她為樂，我仍然非常渴望自己也能有個兄長。

「想想看我們被老師荼毒一整天，好不容易撐到放學，這時候能看到佟默哥是一件多麼幸福的事啊，妳不能剝奪大家的小確幸！」蘇瑀凌激動地說，握住我的手，「所以佟寧，為了大家，妳能把妳的叛逆期延後一些嗎？」

我無力吐槽她浮誇的說法，敷衍地點了點頭，立刻換來她一個過度熱情的擁抱。

「今天妳怎麼看起來特別累？」回家路上，佟默溫柔地問：「在學校發生什麼事了嗎？」

我抬頭望向他，若是可以，我很想找個人傾吐，不管是誰都好，但這麼荒謬的情況會有人相信嗎？我又要怎麼開口說，其實你們都是我虛構出來的角色？這也太不像話了。

我在內心深深嘆息，最終只能搖頭，「沒事。」

進到公寓大樓前，我瞥見前方有個穿著同校校服的頎長身影，似乎有些眼熟，當他轉頭和管理員打招呼，露出側臉時，我幾乎是反射性地躲到佟默的背後。

顧、顧琮？

他怎麼會出現在這裡？他也住這？

「怎麼了？和顧琮吵架了？」佟默側頭輕聲問我。

「吵架？我和他？」

「若不是吵架，妳怎麼會刻意躲著他？平時妳可是三句話不離顧琮，一看到他就會跟過去。」

「我……平常會這樣嗎？」從學校追到家裡，連在家人面前也不收斂，佟寧還眞是一點矜持都沒有。我暗自埋怨，隨後又想起這一切不都是我造成的嗎？

思及此，我忍不住嘆了口氣，這根本是自作自受。

佟默失笑，「怎麼不會？妳每天照三餐按顧琮家的門鈴，要不是顧琮拒絕，我看妳都快搬進對面了。」

不只住同棟公寓大樓，居然還住對門？

我感到晴天霹靂，頭再度隱隱作痛。愈是想保持距離，就愈是避不開，這難道是所謂的莫非定律？

不對，比莫非定律更厲害的是，小說作者刻意安排的巧合。

「哎呀！這不是佟默和佟寧？佟默今天沒去上課啊？怎麼穿著便服？」

「阿姨，我上大學了。」佟默臉上掛著禮貌的微笑。

「真的啊，我很久沒遇到你們了，我家小孩今年也要升大學了，那佟寧呢？要升高三了吧……」

由於被鄰居打斷，我和佟默的對話就這樣無疾而終。

「寧寧，妳不叫顧琮過來一起吃飯嗎？他今天不用補習，應該已經回來了。」

晚餐時間，佟寧的媽媽突如其來的一句話嚇得我差點被噎到，「咳咳，我、我嗎？」

「不是妳說顧琮一個人住，讓我們多照顧照顧他？」

「別去了。」佟爸爸插話，語氣嚴肅，「每次去叫，他哪一次來過了？」

「人家是不好意思打擾，你看顧琮才高中就一個人搬出來住，我們多關心他一下有什麼關係？」

「我就看不慣他老是拒絕寧寧，我們家女兒哪裡不好？個性開朗，長得人見人愛，喜歡她的人排隊排得可長了，非得用熱臉去貼他的冷屁股。」佟爸爸用力哼聲，接著字字懇切地對我說：「所以寧寧，別喜歡顧琮了，嗯？」

我眨了眨眼，實在不知該如何回應，看他這寵溺的程度，難怪都說女兒是爸爸上輩子的情人。

「你對顧琮拒絕寧寧不高興，但要是顧琮接受了，我看寧寧就要成天往外跑了。」佟媽媽一語中的。

佟爸爸不曉得想到了什麼，表情頓時變得十分失落，急忙改口：「寧寧，妳現在年紀還小，不要整天想著談戀愛，先專心念書，大學後再交男朋友，好不好？」

「上了大學後就說等出社會，出社會後說等三十歲，要是聽你的話，寧寧一輩子都保持單身好了。」佟媽媽吐槽。

「妳、妳怎麼這樣……」佟爸爸爲之氣結，卻找不到理由反駁，索性撇過頭，乾脆地下了結論，「反正，我就是不喜歡顧琮那孩子。」

「我倒覺得顧琮溫和有禮貌，成績好，看見我提重物回來還會主動幫忙，長得也好看……」

「長得好看有什麼用？」

怎麼話題又繞回顧琮身上了？眼看他們爭論不下，我趁機溜走，恰好見到佟默洗完澡從浴室出來。

「爸媽又因爲顧琮吵起來了？」

看來這情況似乎不是第一次發生，佟默早就見怪不怪，我不禁好奇，佟默是支持佟寧的追愛行徑，還是反對？

身爲一個如此疼愛妹妹的哥哥，我猜他應該會和佟爸爸站在同一邊吧。

「佟……」正想喊他名字，我想起自己的身分，於是清了清喉嚨，有點不習慣地喊：「我是說，哥哥你呢？你怎麼想？」

「哥哥？」

「怎麼了？」我說錯什麼了嗎？

「沒事。」佟默沉吟半晌，反問：「妳想談戀愛嗎？」

「啊？」

「如果想的話……」他揚起唇角，笑得別有深意，「我覺得顧琮是不錯的選擇。」

我還來不及問佟默是什麼意思，佟媽媽和佟爸爸已經爭執出結果，最終由佟爸爸吃下敗仗，佟媽媽喜孜孜地對著我說：「去邀請顧琮來吃飯吧，寧寧。」

「我不是說了他不會來嗎？」吵架輸了的某人在一旁小聲碎念，最後只換來一道充滿殺氣的瞪視。

我抿了抿唇，很是爲難地問：「眞的得去？」

「快去吧，就問問看，顧琮不想來沒關係。」佟母溫柔地鼓勵，大概是以爲我被拒絕到有陰影了，才會如此猶豫。

找不到繼續推拒的理由，我便硬著頭皮走向對門。

我瞪著電鈴，內心天人交戰。按？還是不按？以客觀角度來說，我了解顧琮對我的不客氣並非毫無道理，但我今天早上才說什麼不打算繼續喜歡他，晚上就厚臉皮地來按門鈴，未免顯得太沒骨氣。

既然決定要和顧琮保持距離了，我實在不想再去招惹他，而且佟家父母也說了，每次邀顧琮他都不會來，那我只要裝作來問過他就行了。

下定決心後，我放下懸在門鈴前的手，爲了避免太快回去讓佟母起疑心，還在門廊多待了一會。

想到佟家父母爲佟寧的戀愛問題鬥嘴的模樣，我忍不住微笑。以前媽媽工作忙，不要說談論戀愛相關的話題了，我們連坐下來好好聊天的時間都沒有。

不過佟默的回答倒是出乎我的意料，還以爲他會反對妹妹談戀愛，沒想到他竟是贊成的，雖然以顧琮對佟寧的態度，佟寧大概追好幾年都不見得有機會——

等等？追好幾年？

我驚訝地摀住嘴，重新回想佟默所說的話，終於明白哪裡不對勁。佟默很清楚佟寧和顧琮之間的關係，若佟寧一心執著於顧琮，自然不會太早談戀愛。

這……也太心機！

佟默根本不是暖男哥哥，是腹黑的超級妹控吧！

回到家中，眾人理所當然地接受了佟寧又被拒絕的事實，我撒的謊並沒有被拆穿，佟媽媽安慰我：「沒事，顧琮就是這樣，大概只是不好意思來打擾，別太放在心上啊寧寧。」

我心虛地點頭，眼角餘光瞄到佟爸爸在竊笑。

✿

「妳今天拉肚子？怎麼每節下課都跑廁所？」見我一下課又要往廁所衝，蘇瑀淩擔心地問：「要不要乾脆去保健室？」

我搖頭，刻意伸手按了按肚子，「可能有點吃壞肚子，總覺得不太舒服。」

「是因爲營養午餐？但我也吃了啊，身體沒什麼異常狀況，我看妳還是去保健室一趟吧？」

「不用不用，我現在很急。」避開蘇瑀淩關切的目光，我快步走出教室，前往洗手間。

昨天思考了整夜，我不得不承認，試圖透過摔下樓梯穿越回原來的世界，並不是一個好方法。若這麼簡單就能穿越，世界不就大亂了？我肯定遺漏了別的細節，我和佟寧之間應該存在某個共同點，導致了我的穿越。

可我在佟寧的房間翻箱倒櫃，除了看出佟寧的喜好，還是摸不著頭緒。這樣下去不行，我必須更加了解佟寧，她的過往、她做過的每一件事，才能進行推測，只是這實在不方便找人打聽。

後來我靈光一現，在以校園爲背景的小說中，女主最容易得到情報的地點之一，不正是洗手間嗎？

走進廁所隔間鎖上門，我感覺自己就像玩闖關遊戲一樣，企圖用各種方式從NPC身上打探消息。

「喂，妳聽說了嗎？」

聽見關鍵詞，我不禁豎起耳朵，這句話可是所有流言蜚語的起點，只是不曉得她們談論的對象是誰。

「昨天十班那個佟寧啊——」

賓果！

我在心底默默地歡呼，不枉費我每節下課都來廁所守株待兔，總算有回報了。

「佟寧？」另一道較尖銳的女聲疑惑地問。

「就是和顧琮同班，追顧琮追很勤的那個學妹啊。」

「啊，我想起來了，佟默學長那個不成材的妹妹嘛。」聲音尖銳的女生嗤笑一聲，「剛入學那陣子大家看在佟默學長的分上，想特別照顧她，結果她居然毫不領情，反而要大家別靠近佟默學長。」

照顧？她們是想藉由佟寧接近佟默吧，這學姊多半也是向佟寧示好的其中一員，只是她們的別有用心被佟寧識破了。

我在心裡暗自讚賞，原來我筆下的女主角不是個單純傻白甜！

「對對，就是她，聽說她前天不小心從樓梯跌下來，還是顧琮抱她去保健室的。」

「不小心？我看八成是故意的。」學姊的語氣盡是嘲諷，「成天在顧琮身邊晃來晃去，人家卻看都不看她一眼，才會想出這種爛招數。」

呃，雖然她說話很討人厭，我也不能否認她說的是事實。

「姑且不論她是不是故意的，妳知道她昨天當眾宣示自己不會再繼續喜歡顧琮了嗎？」

「怎麼？苦肉計不成，改玩欲擒故縱？」

「不知道，當時正好有不少人在附近，聽說她的表情可跩了，說是自己看走了眼，不知情的人還以爲是她甩了顧琮呢。」

實際上，我只是稍微裝模作樣了一下，但從別人口中聽到自己說出的中二的臺詞，還眞有點羞恥……

「不曉得那學妹這次又想玩什麼新花招，不如放學後我們親自去問問她。」

隨著兩道女聲逐漸遠去，我從廁所隔間出來，茫然地站在原地。

她們最後說了什麼？沒聽錯的話，她們是想在放學後堵我？

嗚嗚，我想聽見的是回去現實世界的線索，不是這種消息啊！

打掃時間結束後，我回到教室，發現桌上放著一張紙條，問了周遭同學，也不清楚是誰放的。

我打開紙條，上頭沒有署名，只寫著短短一行字：

意外撿到顧琮的東西想拜託妳轉交，放學後到舊校舍來。

這該不會就是……那兩位看我不爽的學姊寫的？

用這種破綻百出的招數，她們真的覺得會有人上鉤嗎？撿到顧琮的東西不物歸原主，而是在我桌上留紙條，當我是白痴？

我把紙條揉掉，順手扔進垃圾桶。

今天最後一堂課是體育課，我們背著書包到操場集合，待打鐘就能直接解散放學，不必再回一趟教室。

好不容易捱到接近放學的時刻，體育老師喊著要大家收拾器材，我焦慮地盯著手錶，還提前背上書包，準備一聽到老師宣布下課就往校門口衝。

既然知道對方是要找我麻煩，誰還會傻傻赴約啊。雖然女主被同儕找麻煩這種戲碼，是不少言情小說會有的情節，但我可不想親身經歷一遍。

「好，今天課就上到這裡，大家沒什麼問題的話，就下課——」

聞言，我正想邁步離開，不料體育老師的話又傳來，「對了，這次負責歸還球具的人是佟寧和顧琮吧？」

我腳步一頓，錯愕地扭過頭，「我？爲什麼？」

我既不是體育股長也不是值日生，爲什麼是我？

蘇瑀凌拉了拉我的書包背帶，在我耳邊低語：「上禮拜不是妳自告奮勇說要負責還球具，還拖顧琮下水，想藉此增加你們兩個的相處時間嗎？」

佟寧瘋了吧！不對，瘋的人是我，設計這什麼亂七八糟的劇情！

「已經放學了，你們兩個快點去器材室把球具還一還，不要拖太久啊。」體育老師笑盈盈地說，旁邊幾個男同學也曖昧地吹起口哨。

我望向顧琮，他的表情仍是一貫的冷漠，看不出什麼情緒。

「蘇……」我正想開口向蘇瑀凌求救，卻見她拍拍自己的胸脯。

「放心，我絕對不會當電燈泡，我會幫妳跟佟默哥解釋，妳就和顧琮一起回家吧。」

她揚起一個神祕的微笑，頭也不回地跑開。

看她輕快的腳步，她八成覺得少了我，就能和佟默兩個人一起回家了，這見色忘友沒義氣的女人！

同學們紛紛離開，轉眼操場只剩我和顧琮。

自從當場和顧琮翻臉後，我就沒再與他交談過，一來是我刻意迴避，二來是顧琮似乎本來就和誰都保持一定距離，更別說是過去對他死纏爛打的佟寧了，因此他自然也不會主動向我搭話。

我緊張地左右張望，擔心那兩個學姊沒看到我出現會直接找來。現在沒有多餘時間和顧琮僵持下去了，於是我獨自抬起球桶，想自行搬回器材室，走了幾步，忽然想起我根本不知道器材室在哪裡，只能扭頭詢問顧琮：「器材室在哪裡？你告訴我，我自己去還就——」

顧琮不發一語地走過來，提起球桶另一端。

我不願和顧琮多做拉扯，安靜地跟著他的腳步，一邊留意他的神情，一邊不安地打量四周，在進入活動中心時，我眼角餘光瞄到兩個女生尾隨我們。

我有種直覺，這兩個女生就是在洗手間談話的學姊。

上到二樓，我左右張望，一發現器材室的牌子便加快腳步拖著顧琮跑了進去。

放下球桶，我透過門板上的小窗往外看，那兩名學姊似乎沒跟上來，放眼望去不見人影。

我鬆了口氣，一回頭，顧琮正用奇怪的眼神看著我，但他沒說什麼，逕自拿過球桶往器材室最裡面的小隔間走。

突然很好奇，他這樣的冷淡態度是針對我，還是對所有人都是如此？

器材室內光線昏暗，不曉得是因為沒人負責整理，還是歸還器材的學生都隨意擺放，各種運動用品散落在地，我因此被球網絆到好幾次，差點跌倒。

小隔間裡擺放著收納球具的置物架，我靠在門框邊疊高的軟墊上，看著顧琮將借來的球具一一歸位，視線不時往門口掃，害怕下一秒兩個學姊就會推門而入。我想趕緊離開這個地方，偏偏顧琮這時又彎身撿拾地上被亂丟的羽毛球。

這是龜毛還是強迫症？跟別人一樣視而不見不就好了？

我內心鬱悶得不行，只好上前和他一起整理，加快收拾速度。好不容易弄得差不多，我才走出小隔間，就聽見器材室的門被推開，有人走了進來，「應該在這裡吧？我好像聽到什麼聲音。」

我剛好被門框邊高高疊起的軟墊擋住，來人一時沒看到我，而聽見那熟悉的女聲，我心裡一慌，連忙往後倒退，結果撞上了正要從裡面出來的顧琮。

「妳——」我急忙伸手摀住他的嘴，拉著他藏在軟墊後方。這人什麼時候不說話，偏偏挑這時機開金口，真是存心跟我作對。

我屏住呼吸，豎耳細聽外面的動靜。

隨著腳步聲愈來愈近，我的心跳也跟著加快，忽然間，碰的一聲，好像有什麼東西倒了，緊接著是一連串的怒罵：「誰啊？哪個沒水準的班級借完網球也不收好，拔河繩也是，害別人受傷怎麼辦……」

對方氣得不斷抱怨，踩著重重的步伐往回走，離開前還心有不甘，用力踹了一腳鐵桶發洩。

我被巨大的聲響嚇了一跳，不自覺把身子更往裡面縮，等周遭重歸寧靜，才敢悄悄探出頭，此時外頭已經空無一人。

溫熱的氣息拂過我的手掌邊緣，我這才注意到自己的手還貼著顧琮，頓時慌得立刻彈開。

慘了！情急之下沒想太多便出此下策，原本我和顧琮的關係已經很差了，這下他一定更討厭我了。

「那個，我可以解釋，剛才是因為——」

「不需要解釋。」他淡淡地打斷我，越過我往外走。

「顧琮。」我大概是哪根筋不對才會喊住他，「我知道你不喜歡佟……我是說我。之前沒有顧慮你的心情，讓你感到困擾，我很抱歉。」

顧琮停步，轉過身來面對我。

「我可以跟你保證，我以後不會再做出那些行為了。」我舉手發誓，真誠地望著他，「真的！」

顧琮靜靜地注視著我，暖橘的夕陽餘暉透過窗戶灑落進來，柔和了他的輪廓，彷彿也為他的眼神增加了一點溫度。

想說的都說完了，也算是爲佟寧過去闖的禍做個了結，不管他領不領情，我都盡力了。

「我想說的就這樣，我先回去了，再見。」

說完，我搶在顧琮之前快步離去。

✿

自從那日在體育器材室和顧琮說開後，我和顧琮之間的關係有所緩和，互動就像一般同學，維持著最基本的交流。

而從那天起，我的座位上每天都會出現紙條，內容皆是約我見面。我問同學是誰放的，答案確實是我那天看見的兩位學姊，但我依舊不予理會，統統扔進垃圾桶處理。

照理說被無視這麼多次，兩位學姊應該會像那天放學一樣，親自上門堵人吧？可除了放紙條外，學姊們再也沒有現身，偶爾在校園裡碰見了，竟也對我視而不見。

日子愈是平靜，我就愈是焦躁。過了這麼多天，我一點回到現實世界的線索都沒有，像是在遊戲中陷入了死循環，找不到破關的關鍵。

到底是哪裡出錯了呢？

透過旁人所說和我的觀察來看，可以拼湊出佟寧是個單純、勇敢的女孩，一心一意只想著追求顧琮。即使是我自己寫的故事，我也必須說，這樣的設定並不特別，甚至可以說是很常見的套路。

眞要說有什麼特殊的地方，那就是我將自己對未來的所有憧憬，都加諸到了佟寧身上，她是十七歲的我，也不是我，她擁有我當初渴望的一切。

這會是我穿越過來的原因嗎？

「哇嗚嗚佟寧，我要哭死了，一包衛生紙都不夠我擦眼淚，早上起來冰敷也沒用，妳看我的眼睛是不是還很腫？」

我沉浸在思緒裡，沒太專心聽，直到蘇瑀凌湊到我跟前，才隨意瞧了她一眼，「嗯，有點。」

「強烈建議妳不要看這本，太虐心了。」蘇瑀凌把一本書放到我桌上，繼續說：「這作者太狠了，結局主角全都死了是怎樣，我要去找作者理論，爲什麼不給男女主角Happy Ending？現實人生還不夠苦嗎？非得這樣虐得死去活來。」

結局？

我的腦中忽地閃過一個念頭，如撥雲見日般，終於看見一絲希望的曙光。

我驚喜地握著蘇瑀凌的手：「蘇瑀凌，妳剛才說什麼？」

她愣愣地重複：「現實人生還不夠苦嗎？非得這樣虐得死去活來。」

「不是，再上一句。」

「爲什麼不給男女主角Happy Ending？」

對了，就是Happy Ending！

我當時故事只寫了一半就腰斬，是不是因爲這本小說沒有結局，我才被困在這個無法結束的故事裡？

小說的結局無非是Bad Ending以及Happy Ending兩種，以目前的狀況來說，走向悲劇的風險太大，我無法預測假如我以佟寧的身分死去，後果會如何。

而男女主角以分手作結在愛情小說裡也不太常見，況且佟寧和顧琮根本沒在一起過，何來分手？要分手還得先想辦法和顧琮在一起，相較之下，還是走Happy Ending的路線更簡單，只要和顧琮在一起就行了，或者甚至不用到那個程度……

我將目光緩緩移動至講臺上的身影，顧琮正低著頭在清點東西，忽然他抬起眼，視線就這麼與我相撞。

佟寧最大的心願就是顧琮能喜歡上她，所以這個故事的Happy Ending也許就是——顧琮向她表白？

我剛剛怎麼會覺得走Happy Ending的路線簡單呢？要讓顧琮喜歡上佟寧，簡直無異於要一隻豬生出翅膀。

「佟寧，喂，佟寧！」蘇瑀凌搖了搖我的手臂。

我回過神，對上她戲謔的目光，「怎麼了？」

「還說不喜歡顧琮了，妳一直盯著人家幹麼？妳回條沒交啦，顧琮都喊妳好幾聲了。」

「哦，我忘記了。」我急忙從書包翻出回條，拿到講臺給顧琮，「抱歉，耽誤你的時間。」

「沒關係，現在去教官室還不遲。」顧琮淡淡地說，已沒有初見時的冷漠，大概是因爲我不再糾纏他，他對我少了些厭惡。

如果能繼續和他這樣井水不犯河水地和睦相處，該有多好？但我不想一輩子待在這個世界……

望著顧琮走出教室的背影，我想起自己不久前信誓旦旦的發言，現在只想一頭撞死在黑板上。

第三章

我不是沒出言反悔過，但從來沒有上一秒還指天發誓，下一秒就自打嘴巴的經驗。

失眠了一整夜，我猶豫不決，不曉得爲什麼，我不想看見顧琮對我露出失望的表情，可我別無選擇，我不能不回去現實世界。

現實世界中的我怎麼了，從天橋跌下來後被送進醫院了嗎？周澤彥呢？他會不會因爲擔心我而吃不下飯？

是啊，我得回去才行，我得趕緊向周澤彥解釋誤會，然後和好，我不能再浪費時間了。

雖然我不確定讓故事走向Happy Ending這個方法是否可行，但我沒道理不去嘗試看看。

「顧琮！」

隔天上學，我剛好在校門口遇到顧琮，於是小跑步追上他。

「什麼事？」他轉身看我。

我心虛地垂下目光，右手抓緊書包背帶，在心底反覆對自己喊話：許若庭，再怎麼艱難妳還是必須開口，妳得回去原本的世界。

我深吸口氣，鼓起勇氣對上他的雙眼，「你可不可以跟我告白？」

說完，我無法面對他眼中的震驚，不由得移開視線，囁嚅道：「我不是要你真的跟我告白，只是假的，不帶任何感情的，你就當作是在念臺詞或是念課文一樣，可不可以跟我說一句……『我喜歡妳』？」

說完，我小心翼翼地看了他一眼，他的眼神冰冷得像覆上一層寒霜，我感覺自己的心臟莫名刺痛了一下。

漫長的沉默過後，他緩緩地開口：「很有趣嗎？還是承諾對妳來說根本不算什麼？」

拋下這句話，他轉身就要離開，我趕緊繞到他面前，語無倫次地解釋：「不是，我當時不是隨便說說，我真的不想騷擾你，但我這麼做是有原因的。我、我其實不是佟寧，我是穿越過來的，你身處的這個世界是我寫下的故事，我只是想讓劇情走向好的結局，讓我能回去原本的世界。我知道這很難理解、很荒謬，可是我說的都是實話，我——」

「夠了，我不會再相信妳的話。」顧琮打斷我，冷冷地瞪了我一眼，隨即邁步離去。

之後我和顧琮的關係再次降至冰點，甚至比原本更糟，他不願再與我有任何接觸，完全忽視我的存在，當我是透明人。

這也難怪，誰會相信穿越這種事？而且我還說這個世界是我寫出來的，在他聽來多半就像神經病說的瘋話。

顧琮對我的嫌惡表現得明明白白，我若是識相就不該再去接近他，可現在除了緊緊抓住顧琮這個關鍵人物，我別無他法。就算被當成神經病也好，只要能讓他說一聲「我喜歡妳」，什麼方法我都願意嘗試。

「顧琮，你平常看小說嗎？我找了幾本穿越題材的小說，你看完也許就可以了解……」

我舉著手機，他卻目不斜視地走過。

「顧琮，其實眞正的我是個普通上班族，我是某天下班時不小心從天橋摔下來才會……」

他又無視我！

「顧琮！你記得佟寧從樓梯摔下來的那天……」

「顧琮，其實我已經二十四歲了，比你大七歲……」

「你就說一句『我喜歡妳』，這樣我保證之後絕對不再煩你了……」

第N次望著顧琮的背影遠去，我洩氣地垂下肩膀。

「哇，佟寧，妳搞什麼？不是說要逆向操作，怎麼沒兩個星期又追著顧琮跑？」

目睹我各種纏著顧琮的行徑，蘇瑀凌顯然習以爲常，「不過我比較喜歡這樣的妳，正常多了。前陣子妳像換了個人似的，害我好不習慣，還是窮追不捨的方式適合妳，加油！」

加什麼油啊……我感覺太陽穴隱隱抽疼了起來。

我又不是眞的要倒追顧琮，然而所有人包括顧琮都不相信，不論我怎麼解釋，顧琮都不理會。再這麼下去，我是不是眞的得一直待在這個世界了？

回到教室，瞥見桌上再度出現紙條，這使我的心情更加煩躁，直接把紙條揉成一團。

眞是奇怪，有什麼事不能直接過來找我嗎？非得一而再，再而三地留紙條，要我前往指定地點？就算是小說裡的世界，未免也太不合理，假如我是讀者，看到劇情一直停在這裡，早就棄文了……

等等，劇情停滯不前？

依照佟寧的性格，只要是和顧琮相關的事，不管其中是否有許，她肯定都會馬上飛奔過去。但我沒有，我選擇了避開，結果此後我便開始每天都收到內容大同小異的紙條。

是不是因爲我的舉動違背了原本的情節發展，所以同樣的情況才會不斷發生？

這個故事雖然沒有結局，可還是有一部分既定的劇情，如果收到紙條是小說裡的重要事件，那只要我按照事件原本的走向行動，也許就能推動劇情了吧？

想到這裡，我攤開方才被我揉皺的紙條，仔細讀了一遍。

放學後，我獨自前往舊校舍三樓的教室赴約。

小說裡促進男女主角感情發展的劇情無非就是那幾種套路，像是當女主角遭遇危險時，男主角總會在關鍵時刻英雄救美。但以顧琮現在對我避之唯恐不及的態度，我很懷疑事情能否如想像中那樣順利進行。

唉，別管那麼多了，先試試再說吧。

至少得先證明我的推論，才知道下一步該怎麼走。

我環顧四周，確認附近沒有其他人影，才慢慢踏進校舍。

怕臨時出什麼差錯，來這裡之前我還特地對蘇瑀凌謊稱臨時有事，要她自己先回家，並且也打電話告知佟默我會晚回家，排除了所有可能影響劇情發展的因素。

我不清楚自己接下來將遭遇什麼，但若不是顧琮出面解除我的危機，那我就白費工夫了。

聽說舊校舍再過幾個禮拜就要拆除，只見牆面油漆斑駁，樓梯上也堆滿了廢棄桌椅，導致我寸步難行。

來到三樓，我發現兩個學姊指定的教室內窗簾全拉上了，根本看不見裡面的狀況。周遭安靜得只聽得到鳥叫聲，我感覺心跳微微加快，已經握住門把的手一頓。

如果在這種地方出事，顧琮眞的會如我所想，過來救我嗎？

不對，我寫的是愛情小說，不是恐怖小說，別自己嚇自己，顧琮會來的。甩甩頭，我將瞬間浮現的畏縮想法驅逐出腦海。

深吸口氣，我旋開門把，推開門，一桶冰水便從天而降，淋得我渾身溼透，眼睛也因進了水而睜不開，這時有人從後面用力推了我一把。

我跌跌撞撞前進了好幾步，腳下一絆，整個人重心不穩跌坐在地，小腿也狠狠磕上講臺地板的突起處，我頓時表情扭曲，痛得說不出話來。

我後悔了，這算不算自討苦吃？沒想到對方直接布置陷阱整我，這女主角也太難當了吧。

兩道身影走近，居高臨下地看著我。

「果然只要提到顧琮，妳就一點警戒心都沒有，隨便叫就來了。」

不出所料是洗手間的那兩個學姊，從她說的話來分析，她的記憶似乎是銜接著洗手間放話的那天，彷彿全然不記得先前曾經尾隨我到體育器材室。

「佟寧學妹，還記得我嗎？」聲音較尖銳的學姊彎身與我平視，「妳剛入學那陣子，我對妳很照顧，妳該不會忘了吧？」

這個時刻，我才深切體會到眼前的人是小說裡的角色，雖然她們言行舉止與常人無異，也有自己的思想，但實際上會陷入無止境的循環，只爲完成必要的情節。

更慘的是，她們對此毫無所覺。

我一時忘記現在我應該扮演受害者，情不自禁朝她們露出同情的目光，結果這一看便引來她們的不滿。方才說話的學姊瞇起眼，嘴角勾起一絲冷笑，從旁邊拿出一瓶早就準備好的水。

「想起來了？沒錯，當初妳就是用這麼不屑的表情，要我別接近妳哥的。」

我分明是憐憫她，哪有不屑？不要亂解讀還自說自話好嗎？

見學姊扭開瓶蓋，我連忙喊道：「妳想幹麼——」我才開口，水就從頭上澆了下來，我恰好被嗆個正著，「咳咳……」

「學妹，現在清醒點了嗎？」

學姊蹲下身，慢慢撥開黏在我臉上的髮絲，指甲有意無意地輕劃過我的臉頰，「又是故意摔下樓梯，又是欲擒故縱，這麼多花招，可惜顧琮還是看不上妳，學妹這麼死纏爛打不覺得累嗎？我看了都忍不住心疼呢。」

我繃緊神經，不禁抖了一下。

她完全不掩藏眼裡的嘲笑之意，「所以學妹，我是在幫妳好好認清自己，不要再有不切實際的妄想，顧琮不會喜歡妳的。」

衣服黏在肌膚上的感受很不舒服，我還以爲她們這樣欺負我，是因爲佟寧過去和她們有其他過節，沒想到說來說去，起因還是佟默。當時的難堪令她們懷恨至今，便拿我追著顧琮的事借題發揮。

她剛說的一長串沒重點的廢話其實全是藉口，我不耐煩地回：「顧琮會不會喜歡我，到底關妳們什麼事？」

話一出口，我就知道糟了，現在處於下風的是我，沒必要逞口舌之快，於是我趕緊改口：「呃，我的意思不是……」

學姊瞬間變了臉色，但馬上又笑了，「怎麼辦？有人還是執迷不悟，既然這麼不聽勸，只好讓她整晚在這裡好好思考了。」

另一名學姊始終安靜旁觀，聽到這話，她終於膽怯地出聲：「眞的要做到這種地步嗎？」

「不給她一點教訓，她學不乖的。」主使者學姊毫不遲疑答道，接著她狀似好心地提醒我：「對了，給妳一句忠告吧，顧琮他爸爸一直對妳睜一隻眼，閉一隻眼，但眼看顧琮就要升高三了，妳覺得他還會忍受妳在他兒子身旁糾纏多久呢？」

隨著她們的腳步聲遠離，我掙扎著站起身，膝蓋和小腿立刻傳來一陣刺痛，疼得我嘶了聲。站在原地緩了好一會，我才拖著沉重的步伐來到門前，伸手轉動了下門把，果然上鎖了。

我仔細觀察這間教室，它看起來比起一般教室小得多，似乎是藝能科專用的。繞了一圈，除了上方的氣窗外，其餘窗戶全被木板封死，我衡量了下氣窗的高度和寬度，決定還是不要隨便冒險，而且我現在應該等顧琮來救我。

雖然這是劇情的必要發展，但如今真的被關起來後，我的心情還是有點微妙。不知道顧琮什麼時候才會出現，我隨意找了個靠窗的座位坐下。

身上的衣服很沉，水不斷從髮梢滴落，我整個人像掉進水裡再被撈起來似的。歪著頭把頭髮攏成一束，用力轉了轉，我自言自語道：「真是的，用得著這樣嗎？還不如直接打我一巴掌。」

沒料到會被淋得整身溼，否則我就該帶替換的衣服來，現在連一件外套也沒有，太失策了！

在等待顧琮的期間，我多次擰著衣角，盡量將衣服弄乾，同時想起學姊臨走前的警告。顧琮的爸爸嗎？聽起來很厲害的樣子，我當時所設定的身分會是什麼？老師、教官、還是……主任？

天色漸漸暗了，依然不見顧琮的身影，我嘆了一口氣，強忍著不適，走到教室前門旁打算開燈，按下開關後卻只見燈管不停閃爍，發出滋滋聲響，簡直是恐怖故事的必備特效，而且廢棄校舍也完全就是這類型故事的經典場景。

我吞了口口水，頭皮一陣發麻，索性把燈給關了，改成打開手機的手電筒。

夜幕降臨，從氣窗吹進來的風明顯帶著寒意，我不由得開始打顫。都這麼晚了，顧琮還會來嗎？我該不會一整個晚上都要待在這裡吧？

這個念頭讓我慌張了起來，身體發冷的情況也更嚴重了。

我搓了搓手臂，就算顧琮眞的會來，但以現在的狀況，在等到他來之前，我可能就會先冷死在這個地方。

不打算繼續空等，我拿起手機，決定打電話給佟默求救，可一解鎖螢幕，映入眼簾的卻是沒有服務的字樣，不僅沒有網路，連電信訊號都沒有。

我連忙起身，不死心地舉著手機在教室裡四處亂繞，並且重複撥號，但仍是白費力氣。

該不會是手機進了水，所以故障了吧？通常小說裡的霉運都是接二連三發生的……

我的心中升起一股不好的預感，下一秒，嗶嗶兩聲提示音響起，手機螢幕無情地暗下，帶走我唯一的光源——果然沒電了。

爲什麼偏偏這種時候的直覺最準！

我感到十分絕望，入夜後氣溫逐漸下降，再加上衣服溼答答的，我冷得直發抖，只得不斷走動或原地跳躍，希望能讓身體暖和起來。

過不了多久，我實在沒體力了，便用手臂環抱住膝蓋，蜷縮著坐在牆角。

再這樣下去，我會不會因爲失溫而死？早知結果如此，最初來到書中世界時，我就該一口氣從樓梯上跳下來，何必瞻前顧後，花費大把心力找尋回去的方法。

如果我就這麼死在小說裡的世界，現實世界中的家人朋友是不是永遠不會知道？會有人記掛著我嗎？

我愈想愈委屈，想不透自己到底做錯了什麼才會來到這。我沒做過什麼壞事，偶爾買東西的找零還會順手投到捐款箱，為什麼偏偏是我！偏偏是這個故事！偏偏是那麼難對付的顧琮！

他那麼厭煩我，就算真的知道我在這裡，恐怕也會當作不知情，我居然還奢望他來救我，真是自作聰明，我看我最後十之八九會被自己蠢死。

在寂靜黑暗的教室裡，我只有靠著不甘心的怨懟才能撐下去，可到了後來，我連抱怨的力氣都沒有了，眼皮漸漸沉重……

「佟寧！」

半夢半醒間，我好像聽見有人在拍打門板。

是我聽錯了吧？

「佟寧！」

我在做夢嗎？這是門鎖被轉動的聲音嗎？如果這是一場夢境，真希望我醒來後就能回去了……

「佟寧？」

爲什麼那道聲音離我好近、好清晰。

我從雙膝間緩緩抬起頭，當顧琮的臉映入眼底的那刻，我的眼眶不知怎麼地有點發熱，開口時嗓音微微沙啞，「顧琮？」

他眞的來了！

顧琮看了我一眼，脫下外套，披在我身上，「我找校警拿鑰匙花了點時間，妳還好嗎？」

一名男子拿著手電筒往這裡照過來，他應該就是顧琮口中所說的校警。

「現在的學生眞是的……竟然把人關在這種地方，都說幾遍這裡禁止進入了！」大晚上被叫來，校警儘管無奈，仍不忘關心我：「同學，妳有沒有哪裡不舒服？」

「還好。」

「站得起來嗎？」顧琮垂眸問我。

我點頭，拉緊外套，試圖扶著一旁的桌子起身，但不曉得是維持同一個姿勢太久，還是體力透支，我腿有點發軟，最後還是顧琮眼明手快地扶住我的手臂，幫助我站穩。

「小心。」

「謝謝。」

由於時間不早了，校警索性直接開車送我和顧琮回家，打算順便向佟家父母說明一下整起事件。但剛抵達我們所住的公寓大樓，校警便接到一通電話，必須馬上離開，因此他就把這樁差事託付給住在我家對門的顧琮了。

「顧同學，拜託你幫忙轉告佟同學的父母，這件事我會如實呈報校方，追究到底。」

「嗯，謝謝張叔叔，回去路上小心。」

或許是因爲已經脫困，又有認識的人陪伴，我的心情平復許多，在等待電梯時，我悄悄覷向顧琮的側臉，說不清心裡是什麼感覺。不久之前我還在埋怨顧琮，卻在看到他的那一刻不由自主感到安心。

最重要的是，顧琮真的如我預想地出現了，那是不是代表只要我繼續努力下去，總有一天能夠回到現實世界？

不管怎樣，事情終於有了進展，有變化就有希望，想到這裡，我忍不住輕揚起唇角。

沒想到顧琮忽然轉頭，猝不及防與我對上視線，我嚇了一跳，連忙收斂嘴角的弧度。

「妳手機壞了？」

「嗯？什麼手機？」我一愣，隨即反應過來，「啊，我的手機沒電了。」

「難怪打不通。」他沉吟片刻，「我待會陪妳向叔叔和阿姨說明，沒辦法聯繫上妳，他們應該很擔心。」

對了，我都忘了以佟家父母對佟寧的疼愛，一旦得知佟寧被霸凌，多半不會善罷干休。可我和顧琮的關係既然順利破冰，目前更要緊的就是進一步促進感情了，我不想再牽扯進霸凌事件，這對我毫無益處，只是浪費時間而已。

於是我趕緊回絕：「不用告訴他們！」

「不用？」顧琮疑惑，接著說：「妳不必緊張，這件事錯的不是妳，而且多少和我有關，我會負責解釋。」

跟他有關？

也是，雖然追根究柢兩位學姊是因爲佟默才看我不順眼，但她們是拿顧琮爲藉口引我上鉤，只是我不清楚顧琮是怎麼知道我被關在廢棄校舍的教室裡，又是怎麼知道事情和他有關的。

可是這樣反而更糟了，姑且先不論顧琮得知了什麼樣的訊息，要是佟家人誤以爲眞的是顧琮害得我被欺負，一氣之下不准我和顧琮往來，甚至搬家或轉學，那該如何是好？

「不行不行不行，絕對不行！」一想到這裡，我頭搖得跟波浪鼓似的，顧琮眼裡的困惑更明顯了。

此時叮的一聲，電梯門開了。

進了電梯，我盯著顯示板跳動的樓層數字，腦子飛快運轉，想要找出一個能阻止顧琮的理由，但電梯從一樓上升到八樓根本不需要多久，我還沒想出來，電梯門就打開了。

我焦急地咬了咬唇，下意識先衝了出去，手也急切地探進書包找鑰匙。總之，不要讓他們見面就是了，然而在這緊急時刻，任憑我怎麼翻找就是摸不到鑰匙，正當我想將書包裡的物品都倒出來的那刻——

叮咚！

一隻骨節分明的手越過我按下門鈴，我動作一滯，轉過身抬頭看向顧琮，垂死掙扎，「今天已經耽誤你很久了，我想你也累了，不如你先回去休息吧？」

顧琮顯然沒聽懂我的話，淡淡地說：「不差這一點時間。」

你沒差我有差啊！我在內心崩潰大叫。

然而我和顧琮等了一會，遲遲不見有人來應門，照理說這個時間點不該沒人在家，難道是沒聽到？顧琮也察覺到異樣，伸手又按了一次門鈴。

仍然沒人回應。

「沒有人在家嗎？」他問。

奇怪，今天沒聽說誰要出門，不過這下正好，可以大大方方地拒絕顧琮了。

我裝作一臉可惜地看著他，「太不湊巧了，他們應該是有事出去了，不曉得什麼時候才會回來，你先回去吧，我也要進去了。」

深怕佟家人突然回來，會和顧琮在門口戲劇化地撞上，我顧不得姿勢難看，蹲下來將書包內的物品都倒在地板上檢視，這才發現我壓根就沒帶鑰匙。

「妳沒帶鑰匙？」顧琮的眼睛很尖。

「好像是。」但我記得早上有把鑰匙放進書包裡，是在哪弄丟了嗎？

「那我陪妳在這裡等……」

「不用！」我脫口而出，「呃，我是說沒關係，我自己一個人沒問題。」

由於我再三堅持，顧琮終於放過我。

目送他的背影走進對門，我的眼角餘光不安地瞥向電梯。

「進去吧，不要再出來了。」我嘴裡喃喃祈禱，在門闔上的同時，鼻子忽然一癢，忍不住打了個響亮的噴嚏，「哈啾！」

我吸了吸鼻子，隨即見到那道好不容易關上的門再度被推開，我還沒說話，就聽見顧琮問：「妳要進來嗎？」

咦？

他、他是在邀請我進他家嗎？

我愣好半晌，不敢置信地指了指自己，「我？」

「妳手機沒電了，又穿著溼衣服，還是先來我家幫手機充一下電，盡早聯絡上叔叔和阿姨吧，或者直接用我家裡的電話也行。」顧琮彷彿是被逼著做一件極為不擅長的事，語氣滿是彆扭。

哇，平常拒我於千里之外的顧琮居然主動讓我進他家，天要下紅雨啦！

我暗自竊喜，這打噴嚏的時機未免太巧妙了！

「不想進來？」

「沒、沒有，我想進去！讓我進去吧！」難得他敞開心扉，我當然要把握機會與他拉近距離，說不定之後就能說服他對我告白。

我跟在他身後進門，顧琮家裡的格局和佟家差異不大，黑白灰色調的裝潢，風格簡潔清冷，頗似顧琮給人的感覺。

這是我第一次進到獨居男孩子的家中，過去看漫畫時，我曾經幻想過無數次這樣曖昧的場景，但我和周澤彥大學四年都各自住在學校宿舍，畢業後周澤彥的父母為了他北上購屋，他自然便與父母同住，因此更沒有這種機會了。

雖然現在的我已經不會再為此悸動，但走進屋內的瞬間，還是有種難以言喻的複雜心情。

顧琮從房間拿出一條毛巾以及充電線，並指了下插座的位置，我坐到沙發上邊擦頭髮，邊將手機接上插座。

一開機，兩則訊息接連跳了出來。

決。

媽媽：奶奶胸口悶，喘不過氣來，我和爸爸載奶奶去醫院，妳和哥哥晚餐自行解決。

佟默：佟寧，系上臨時要開會，我會晚點回去，妳自己在家注意安全。

佟家人的突發狀況也是劇情的一部分嗎？仔細一想，要不是有事要忙，他們大概早就去學校找我了，而且就是因爲他們都還沒回來，顧琮才會邀請我進屋。這一連串的巧合讓我忍不住推測，我現在待在這裡很可能也是安排好的劇情。

手機的提示聲打斷我的思緒，佟媽媽再次傳來訊息：

媽媽：奶奶還在醫院觀察中，醫生說情況穩定就可以返家休息了，妳和哥哥都吃過飯了嗎？

我暫時停止思索，手指在螢幕上飛快點擊，而顧琮則換下了制服從房間走出來。

「要喝杯熱茶嗎？」

「我喝茶和咖啡會心悸。」沒想太多，我順口回。

回完佟媽媽和佟默的訊息，我發現面前桌上多了一杯冒著熱氣的牛奶。

「那熱牛奶？」顧琮淡淡開口。

「啊，謝謝。」我捧起熱牛奶啜了幾口，身子漸漸暖了起來，想起顧琮稍早也在第一時間為我披上外套，我不得不感嘆他的細心，「還有外套，也謝謝你。」

「沒什麼。聯絡上叔叔、阿姨和佟默學長了？」

「嗯，我爸媽陪我奶奶去看醫生，幸好沒什麼大礙，至於佟……我哥應該快到家了，他說到了會打給我。」

「那就好。」

顧琮似乎無意與我多聊，場面轉眼陷入沉默。我無聊地四下張望，發現或許是顧琮一個人住的關係，客廳裡東西不多，因此看起來較佟家寬敞。

是什麼原因讓一個十七歲的高中生搬出來獨自生活？我到底為顧琮設定了什麼樣的家庭背景？

還沒想出個結果，佟默便傳來訊息，說他人已經在樓下。

「是學長？」

「嗯，他要搭電梯上樓了。」

顧琮點點頭，起身往門口走，我迅速從沙發上跳起來，伸手擋住他，「你要幹麼？」

「既然叔叔和阿姨不在，跟佟默學長說也可以。」

「不行！」告訴佟默就等於告訴佟寧的爸媽。

「爲什麼？」

「總之就是不行，不能告訴他們！」

「妳爲什麼要一直阻止我？」顧琮的眼神帶著不解，「這件事不是妳的錯，妳爲什麼要害怕讓家人知道？」

「我……」我支支吾吾。

顧琮繞過我，繼續朝門口走。

情急之下，我脫口而出：「因爲我不想和你分開！」

話一說出口，我就想咬掉自己的舌頭，這根本是言情小說的臺詞！

我硬著頭皮迎上顧琮愣怔的目光，顚三倒四地解釋：「我不是說過嗎？我不是這個世界的人，我穿越到了小說裡，若想回去我原本的世界，就必須聽見你的告白。佟寧的爸……我是說我的爸媽，也不對，該怎麼說呢？總之如果佟默他們一家人誤會是你害我遇上危險，一定不會允許我再接近你，那我就回不去現實世界了，所以——」

說著，我忽然驚覺顧琮竟然耐著性子聽我胡言亂語，之前他可是聽沒兩句就轉頭離去，今天這麼反常？

我遲疑地問：「你……相信我說的話？」

顧琮蹙眉，「妳腦洞這麼大，怎麼不去寫小說？」

我就是因爲寫小說才落得如此下場！

不行，我不能放棄，趁著今天顧琮好說話，我一定要想辦法說服他。

我絞盡腦汁，提出具體事例佐證，「今天發生的事，其實我一開始就知道你會來救我，因爲我和你是這部小說裡的主角，所以你會在我遇到危機時出現，這是小說裡典型的套路。」

「我只是恰巧在補習班聽到學姊的對話。」顧琮駁斥了我的說法。

「從你的角度來看沒錯，但我可以告訴你，這一切都不是巧合，而是經過設計的，是我當初構思並寫下來的情節。要怎麼形容呢？就是小說的作者是主宰這個世界的神，我……」

我就是這個世界的神？這話也太中二。我咬唇沉思，想到另一種簡單明瞭的說法，於是欣喜地改口：「我是這個世界的親媽，小說本身和小說裡的角色就像作者的小孩，所以我也是你的親媽，你的人生是我創造出來的！」

聞言，顧琮瞬間臉色一沉，語氣轉爲冷漠，「說夠了的話，現在請妳離開。」

「我知道這聽起來很荒謬，但我說的都是事實，你——」

「回去。」

我噤聲，垂頭喪氣地轉身。我可以理解顧琮的想法，換作是我同樣無法接受，可能還會以爲對方是神經病，但在我找出其他方法前，顧琮是我唯一的希望。

走到門口，我忍不住停下腳步，回頭看向他。

「顧琮。」我凝望著他漆黑如墨的眼眸，「我是真的需要你的幫忙。」

他只是看著我，沒有作聲。我不再多言，開門走了出去。

剛關上顧琮家的門，我便碰上從電梯走出來的佟默。

「媽有告訴妳，他們要陪奶奶在醫院再觀察一段時間嗎？」

「嗯，我看到訊息了。」

「忘了帶鑰匙怎麼不早點打給我，我可以先回家一趟。」

「我想說你很快就回來了。」我呐呐地道。

佟默從背包掏出鑰匙開了門，一進屋內，他立即上下打量我，問道：「妳的臉色怎麼這麼差？頭髮也有點亂，跟顧琮吵架了？不，以他的性格應該不至於……妳身上的外套是顧琮的吧？」

這時我慶幸顧琮的外套夠大，能夠遮掩我身上尚未完全乾透的衣服。我抓緊外套領口，怕佟默起疑，趕緊編了個藉口：「我沒事，只是晚上覺得有點冷，所以就去跟顧琮借外套穿，顧琮看我可憐，乾脆讓我在他家等。」

我一臉鎮定，實則緊張地用眼角餘光偷瞄佟默的表情。

「是嗎？那我和爸媽可是幫妳製造了一個跟顧琮獨處的好機會。」佟默沒有懷疑，還有心情調侃我，「妳記得找個時間好好向人家道謝，然後趕快去洗澡睡覺。」

蒙混過關，我暗自鬆了口氣，點頭答應。

接著我迅速回房間，以免被佟默看出破綻。脫掉外套準備去洗澡時，我不自覺地盯著顧琮的外套，回想今天發生的一切。

儘管不歡而散，但劇情確實已經朝拉近我和顧琮的距離發展，只要我接下來完成所有推動劇情的事件，或許就能一步步走到結局吧？只是缺少了顧琮的配合，還能不能順利完成？又要耗費多少時間？我完全沒有把握。

總不能真的追求顧琮，讓他愛上我吧？我實在做不出這種欺騙感情的行為，相較之下，說服顧琮還比較容易。

唉！他就不能試著配合我一下嗎？幹麼這麼固執……算了，這件事太過荒謬，他不能接受也是理所當然，我只能慢慢想辦法向他證明這是一個小說世界，而我是寫下這個故事的作者。

對了，倘若我能提前告訴他接下來即將發生的事，也許他就會相信我了！

可惜距離寫下這個故事的時間已經太久遠，我對很多細節的印象都非常模糊，況且我還不只寫過一本校園愛情小說，情節都混在一起了……

我挫敗地嘆了一口氣，身為作者卻連掌握故事走向都做不到，也難怪顧琮不肯信我了。

隔天才剛到學校，我便疲憊地趴在桌上。經過一夜的思索，甚至還在筆記本上畫了人物關係圖，我依然想不起完整的故事內容。

要說全然不記得也不對，來到這個世界後所經歷過的事，還是逐步喚起了我對這個故事的記憶，然而還沒發生的情節，我的腦中仍舊一片空白。這有什麼用啊？要讓顧琮相信我，我必須想起未來會發生什麼事才行。

更慘的是，這樣就算劇情走到了中斷的地方，我也不知道。想到這裡，我不由得萬念俱灰。

「寫什麼呢？我看看。」

蘇瑀凌一湊過來，我立刻機警地把筆記本闔起來。

「小氣！」蘇瑀凌怪叫一聲，倒也沒太在意，逕自拉開我前方的椅子坐下，「欸，佟寧，聽說熱音社的學長這次園遊會要上臺表演耶，還有二班那個吉他社的學長……」

這時候的蘇瑀凌彷彿與高中時的鄭語玲重疊了，鄭語玲也是這樣，只要說起帥哥就滔滔不絕，我都懷疑她有本專門記錄全校好看男生的小冊子。假設我現在是名眞正的花季少女，現在一定能和蘇瑀凌聊得不亦樂乎吧？但真實的我已經二十四歲了，在我看來，與其浪費時間聊帥哥，不如多讀點書。

「我們來念書吧！」不曉得我回去後，這個世界會變得怎麼樣，可我願意在回去前，爲佟寧留下好成績，我相信佟寧會感激我的。

蘇瑀凌瞪大眼，「啊？」

「來吧。」我充滿鬥志，從抽屜接連抽出好幾本課本，「數學、英文、歷史、物理……我們先讀哪科好？」

「妳幹麼？」

「我教妳啊！妳哪科不會？」

「妳教我？妳比我還不愛念書，居然大言不慚說要教我？」蘇瑀凌非常震驚，「妳還是讓佟默哥來教我好了。」

有夠沒禮貌！我和佟寧能一樣嗎？

我不服氣地直盯著她，蘇瑀凌勉爲其難地從中抽出一本，「那……物理？」

物理？

我猶豫了下，但礙於話都說出口了，氣勢不能輸，也許瞎貓碰上死耗子，她問的正好是我會的題目也不一定。我揚起眉，自信滿滿地說：「當然。」

蘇瑀凌翻開課本，指了其中一頁，「這題。」

我看了下題目，皺起眉頭，和我之前寫化學考卷時一樣，我怎麼沒印象以前學過這些？

「妳行嗎？」蘇瑀凌質疑。

「嗯，只是……可能需要一點時間。」我提起筆，全神貫注開始解題。

「佟寧，妳好了沒？」

「等一等，快了，再三分鐘。」我咬著筆桿。

「欸，佟寧！」蘇瑀凌又喊。

我不耐煩地抬頭：「我不是說再三分鐘嗎？」

「可是已經過了五分鐘啊！」

看著她無辜的眼神，我果斷地推開課本，「妳剛剛說二班的學長怎麼了？」

第四章

午休時間，我接到前往學務處報到的通知，猜想這應該與昨天的事件有關。一進到學務處，我發現兩名學姊和校警都已在場，但令我意外的是，顧琮也來了。

這個早上我還沒有機會跟顧琮說話，方才看他不在位子上，我還有些納悶，沒想到他先我一步到了學務處。

「就是那位同學！」校警朝我招手，並開口安撫我：「不用怕，照實說出事情的經過就行了。」

我怎麼可能不害怕？我超怕事情鬧大的啊！該不會他們還聯絡家長了吧？

「佟寧是嗎？」學務主任溫和地對我說：「根據校警和顧琮的說法，我們調閱了監視器，拍到那段時間曾進出舊校舍的，就是這兩名女同學。是她們把妳鎖在教室裡的嗎？」

兩名學姊顯然已被問過話，意識到事情的嚴重性，此時正紅著眼眶，臉頰布滿淚水，不停地抽泣，乍看之下更像是受害者。

她們在霸凌我時，沒料到會導致這樣的後果吧？所以為什麼要霸凌別人呢？施暴後才懊悔，不是很可笑嗎？她們可能因此毀掉了一個年輕女孩的人生，使對方留下揮之不去的陰影……呃，雖然她們的所作所為，好像是我安排的。

「佟寧？」

「嗯？」我回過神。

「是她們把妳鎖在舊校舍裡的嗎？」學務主任又問了一次。

我無可奈何地點頭，盡量輕描淡寫地帶過去，畢竟這不是眞實世界，學姊們的行為也是因為劇情所需。

兩位學姊沒有否認，頻頻向我道歉，學務主任嘆了口氣，表示念在兩位學姊是初犯，且已悔過，就各記一支小過作為懲處，也會告知家長。

對此，我沒有任何意見，眼看事情告一段落，所有人得以各自離開，學務主任卻叫住了我。

「顧琮你先走吧，佟寧妳留下，現在方便和妳父母聯絡嗎？我打電話和他們說明一下學校這邊的處置方式。」

我大驚，急忙喊：「不能打！」

「為什麼？」

「因為……我爸媽不知道這件事，他們最近工作很忙，我也沒受到什麼傷害。」

我眼神飄忽，「我不想讓他們為我擔心。」

「佟寧，我明白妳的顧慮，但父母再怎麼忙，還是得關心孩子的在校狀況。」學務主任不認同地說：「妳父母大概幾點下班？我晚點再打。」

學務主任太固執了吧，我身為當事人都不計較了，幹麼非要做到這種程度？

「我、我……」我咬著唇，一時想不出任何理由。尚未離去的顧琮忽然出聲，「主任，佟寧沒說清楚，事實是佟寧的父母昨天在醫院照顧她奶奶，分身乏術，她不想讓父母兩邊操煩，才沒告訴他們。」

咦？

我疑惑地看向顧琮，他現在是在幫我圓謊？

「這樣啊……」學務主任有些為難。

「不過我已經先跟佟寧的哥哥提過這件事，佟默學長相信學校會妥善地處置，也希望暫時別跟他們的父母提起。」顧琮有條不紊地回答，說起謊來表情毫無波動。

「既然佟默知道，那就好。」學務主任完全沒有起疑，聽到顧琮提及佟默的名字，更是放心不少，微笑說道：「我就不再另外打擾佟寧的父母了。」

聽見此話，我立刻回答：「謝謝主任！」

顧琮替我解圍之後，便先一步離開，我則再次被學務主任留下來問話，並要我接受輔導室的關懷諮商，我再三婉拒才終於脫身。

原本我想直接回教室，但想起蘇瑀凌曾說顧琮早自習及午休時間都會待在圖書館，我腳步一轉，往圖書館的方向邁去。

到了圖書館，我發現午休時間並不開放學生入內，那顧琮是怎麼進去的？

我站在大門外徘徊，自動門忽然打開，一個年約五、六十歲的婦人走出來，笑吟吟地看著我，親暱地說：「佟寧，妳怎麼這麼久沒來？」

我傻住了，佟寧不是不愛讀書嗎？難不成她以前是圖書館的常客？

「阿姨還以為你們吵架了，今天看到妳真開心。顧琮這孩子什麼都好，就是不擅長表達，妳別太把他的話放在心上。」婦人一邊說，一邊拉著我往圖書館內走。

我一頭霧水，指著立牌上的公告，「午休時間不是不開放嗎？」

「說什麼傻話？妳不是為了能和顧琮有多一點相處的機會，特地拜託我讓妳在圖書館幫忙？」婦人笑了笑，「來，妳正好可以幫我上架一批書，櫃檯邊那一疊就是了。」

這的確很像佟寧會做的事。

我剛踏進圖書館，立刻看到了顧琮，他坐在窗邊的座位看書，即使聽見了聲音也沒抬頭，陽光灑在他的身上，使他整個人閃閃發亮。

「顧琮。」我走到他對面坐下，單刀直入地問：「你為什麼會幫我？你相信我說的話了嗎？」

顧琮對我的到來一點也不訝異，他瞧了我一眼，沒說話，又低下頭繼續看書。

「你開始動搖了吧？我不是在催促你，但我來到這裡已經快兩個禮拜了，真的沒有時間等你慢慢接受——」

「沒有。」

「啊？」

「我完全不相信妳說的話。」顧琮的視線仍停在書頁上，「如同我對學務主任所說的，我只是不想讓佟叔叔和佟阿姨爲妳擔心，還有，這裡是圖書館，請妳保持安靜。」

還以爲顧琮對我的態度有所轉變，看來是我想多了。

我自討沒趣，便識相地走開，打算先完成圖書館阿姨指派的工作。

不過話說回來，圖書館也是以校園爲背景的小說中的重要場景，顧琮恰巧喜歡來圖書館，在這裡能不能觸發點劇情？

到目前爲止，所有促進顧琮和佟寧接觸的故事橋段，不是佟寧從樓梯上踩空，就是被人關在教室裡，那在圖書館的話……該不會是被書砸到昏倒？

一想到那畫面，我忍不住嘶了聲，肯定很痛。昨天撞到的傷還沒好，今天要是又被書砸，肯定得進醫院了吧？

雖然如果回得去原來的世界，進醫院我也無所謂，但就怕是白忙一場，還要受皮肉之苦。

我毫無頭緒，只能一面推著推車穿梭在各個書架間，一面揣測能夠在這場景發展的情節。

首先排除書籍掉落的狀況，我想這部小說不至於光靠遇到危險來推動劇情，要不然女主角也太悲慘。做爲一個愛情故事，應該更著重於一些心動橋段的設計，雖然我不覺得這對顧琮有用，但總之先試試看，說不定會矇中某段情節。

通常少女漫畫和言情小說裡，男女主角在圖書館會有什麼樣的經典互動？

啊，有了！

我刻意繞到距離顧琮最近的書架，目光在架上逡巡一圈，挑了本順眼的書，我搓了搓手，深吸一口氣，而後舉起手謹慎且緩慢地抽出。

……非常順利。

我又隨機抽了一本……順利到令人不滿的地步。

我放慢動作地連抽了好幾本書，預想的情況完全沒發生，捧著一疊書，我回頭一看，顧琮依然坐在原位，無動於衷。

什麼嘛，看來不是兩個人拿同一本書，手指碰觸的套路！

我失望地把書一一歸位，忽然靈感乍現，又想到另一個常見的情節。

我抱著好幾本書，裝模作樣地走到顧琮身邊，假裝要把書籍放回上面的書架卻搆不著。

我使勁地踮起腳尖，用眼角餘光觀察顧琮的反應。

偶像劇不都這麼演的嗎？當女主角無法將物品放回高處時，男主角總會及時出現幫她一把，同時從身後包圍住她，然後兩人對視，主題配樂響起。

但顧琮依舊全心全意沉浸在書裡……有沒有同學愛啊？沒看到有人需要幫忙嗎？我出聲嘆氣，踮腳踮得快抽筋，顧琮還是沒有要搭理我的意思，看來這招也不管用。

連續失敗兩次，我撇了撇嘴，望向推車上那堆書，垮下了肩膀，趕緊抓時間完成書籍上架的工作。

因爲不熟悉書籍的擺放位置，眼看午休快結束了，推車上還有不少書本，我斜眼朝顧琮所在的那張桌子望去，竟見到他趴在桌上。

睡著了嗎？

我輕手輕腳地走過去，再次在他對面坐下，即使再小心，椅子拖拉仍不可避免發出了一絲聲響，他卻動也不動，看樣子是眞的睡著了。

光線穿透窗戶映照在他的臉龐，他似乎感覺到刺眼，眉頭微微皺起。

我直覺地伸出手替他擋去陽光，但一意識到自己的動作，我瞬間就想縮回手，可看見隨著陰影落下，他緊蹙的眉頭也跟著鬆開，便打消了念頭。

算了，替他遮遮陽光而已，不是什麼大事。

我另一隻手托著臉頰，靜靜地看著他，至今仍覺得不可思議。我塑造出來的小說人物怎麼能長得這麼好看？

仔細一瞧，他的睫毛也長得太誇張了，比女生還精緻捲翹，此刻他閉著眼睛，沒了平時那份不易接近的冷漠。

「來，跟著我念ㄒㄧ喜，三聲喜，ㄏㄨㄢ歡，一聲歡，喜歡。」我喃喃念著，隨後自暴自棄地垂下頭，「說一句喜歡我這麼困難嗎？你要是不說，我怎麼知道我回不回得去？」

我是不是該考慮學催眠了？

在座位上舒服地吹著冷氣，我的眼皮愈來愈沉，迷迷糊糊間，似乎聽見走動的腳步聲以及細微的交談聲。

我猛地驚醒，周圍出現好幾名同學，我瞥了一眼手錶，午休已經結束了，對面空蕩蕩的，已不見顧琮的人影。

真是的，也不叫醒我，竟然一個人先走了！虧我還好心幫他遮太陽。

我起身打算趕回教室上課，忽然想起還有工作沒完成，於是趕忙尋找推車，卻詫異地發現所有書籍都已放入架上。

不知是哪個好心人幫的忙，我在心裡默默地感謝他，便匆匆離開，然而在我踏出圖書館的那一刻，上課鐘聲響了。

我決定抄捷徑回去，這還是蘇瑪凌告訴我的，只要繞到圖書館後方，跨越充當圍籬的矮灌木叢，就能抵達通往教學樓的主要道路。走進教學樓，我拍拍沾黏在衣服上的樹葉，加快腳步，卻在轉角處撞到了迎面而來的一名女孩。

砰！女孩手中的課本掉落在地，我連忙蹲下身撿起來，遞還給她，「抱歉。」

「沒關……」看清我的臉後，她突然打住話，露出驚訝的表情，而我同樣詫異地看著她。

我不曉得她驚訝的原因，而我單純是被她的美貌所震懾。鵝蛋臉配上一雙靈動大眼，皮膚白皙透亮，瀑布般的黑長髮完美地襯托她出眾的氣質。

如果說我在現實世界認識最好看的人是李妍茗，那眼前這位女同學則刷新了我對美女的認知。

見她遲遲沒動作，我忍不住出聲：「妳的課本。」

她低下頭，彷彿不敢與我對上視線，良久才小聲開口：「對不起，真的很對不起。」

話落，她接過課本，頭也不回地快步走掉。我茫然不解，她爲什麼要向我道歉？撞到人的不是我嗎？

這個女生不只人美，還這麼溫和有禮呀。

我不無遺憾地摸摸自己的臉，雖然穿越成小說的女主角，我還是原來的長相。假如我有一張和她一樣漂亮的臉蛋，說不定顧琮早就愛上我了，而我也能順利返回原本的世界。

既然不具備美貌，我只能繼續厚著臉皮糾纏顧琮。

自從得知佟寧爲了接近顧琮而主動到圖書館幫忙後，我便天天往圖書館報到，顧琮不理我，我就自己找小說、漫畫看，企圖獲得一些推動劇情的靈感。

可能因爲我現在只是在顧琮面前晃，刷刷存在感，不似之前佟寧那樣想方設法地騷擾他，我感覺顧琮不再那麼排斥我了，最多就是無視，我也不在意。

熟悉了圖書館的工作後，我已經能夠快速地將推車上的待還書籍歸位，還有多餘的時間抽幾本書，坐到顧琮對面的座位上翻看。

顧琮難得瞥了我一眼，開口說：「妳每天看這些類型的書，都不怕以後考不上好大學？」

「考什麼考？我都大學畢業兩年了好嗎？」我有感而發，以過來人的身分對他曉以大義：「還有，不要相信老師說的上大學後就自由的鬼話。眞的玩四年，出社會後會很慘，我就是活生生的例子，雖然依你的自律程度應該不用太操心。」

說到這裡，我不禁提出埋藏在心底的一個疑問，「對了，我一直很好奇，爲什麼你中午要躲到圖書館來？你是刻意的沒錯吧？」

雖然顧琮是年級第一的優等生，但他可不是書呆子人設。我早就看出來了，顧琮跑圖書館不全然是爲了看書，更常是將這裡當作一處放鬆的空間，很多時候他手上的書，只是一個不想被打擾的藉口罷了。

我雙肘撐在桌上，傾向前悄聲問：「你是不想睡午覺，還是想耍孤僻？你告訴我，我都能理解的，小說男主角個性機車……」察覺顧琮眼神不善，我硬生生改口：「我是說有一點龜毛的小毛病都很正常。」

顧琮淡淡地說：「其實……」

「嗯？」

「妳眞的很適合寫小說。」

明知他在諷刺我，我還是乾笑著回應：「哪裡，你太看得起我了。」

下午第一堂是班導的課，我們全班被安排到圖書館樓上的小型演講廳聽講座。打鐘後，我和顧琮便直接前去與同學們會合。

進入演講廳，我和蘇瑀凌挑了個偏遠的角落坐下，我將圖書館借來的小說放在腿上，低頭偷偷翻閱。

「妳太誇張了吧。」蘇瑀凌小聲地說。

我知道此舉對臺上的講師很不尊重，但距離霸凌事件已經過去一個多禮拜，期間沒有任何進展。我愈來愈著急，也想過故事是不是到了中斷處，卻隱約覺得自己似乎漏掉了什麼重要的劇情或角色，只能拚命閱讀大量小說和漫畫來刺激腦袋，希望能夠回想起來。

我很害怕會不會每在書中世界多過一天，回去眞實世界的機率就更加渺茫。

我不由得嘆了口氣，下一秒，立刻轉而爲自己打氣。千萬不能放棄，我絕對不要一輩子困在小說的世界。

見蘇瑀凌多次好奇地盯著我手上的書，我索性扔了幾本給她，「妳也看看，待會告訴我內容大意。」

原以爲她會拒絕在上課偷看小說，沒想到她接過書後翻了翻後，抗議道：「爲什麼都是校園純愛小說？我不喜歡！有沒有主角是總裁的？十八禁有肉的那種。」

還挑！

我橫她一眼，用氣音回：「妳未成年吧？看什麼十八禁！不准看！」

「嘖。」蘇瑀凌不滿地噘起嘴，「說得好像妳已經滿十八歲了。」

何止十八，我都二十四了！

蘇瑀凌嘴上嫌棄，結果還是讀得很入迷，眼看講座到了尾聲，我用手肘撞了她幾下，低聲問：「看完了沒？妳那本內容是什麼？」

「青梅竹馬。」

嗯……沒什麼特別的印象，我好像沒寫過這種題材，佟寧和顧琮也不像有青梅竹馬的樣子，這個方向不具參考價值，可以跳過。

「其他的呢？除了青梅竹馬還有什麼？」

「妳不知道我看書很慢嗎？」

我望向她手中的書頁，進度還停留在第三章。

「至少知道一些情節了吧？比如男二、女二和女主角之間的互動。」

蘇瑀凌撇撇嘴說：「男二才剛轉學過來，跟女主角能有什麼互動。」

「怎麼不能！他一定做了些什麼，才稱得上是男二啊！」

慢著，男二、轉學⋯⋯

好像有什麼從腦海深處浮現，我瞪大眼睛，用力抓住蘇瑀凌的手，「妳最近有聽說班上有轉學生要來嗎？」

「轉學生？瘋了吧，都快高三了，誰會在這時候轉學過來。」

好不容易想起點什麼，蘇瑀凌一句話又令我產生動搖。莫非是我記錯了？還是這陣子看太多小說和漫畫混淆了⋯⋯

「好了，不要再討論這些了啦，妳看前排那個男生，長得好好看。」

蘇瑀凌掙脫我的手，興奮地指了指前方，我順著看過去，在一群制服學生中，那名身穿麻灰色上衣的男孩特別顯眼，然而從我的角度只看得到他白淨的側臉，無法看清面容。

「是演講的教授帶來的助教吧？」

我收回視線，敷衍地嗯了聲，再度陷入沉思。

十分鐘後，班導站在講臺上朗聲說道：「再次感謝張教授為我們帶來這麼精彩的演講，相信在這短短一個小時中，大家有了很多收穫，還請各位同學幫忙填寫問卷，寫完交給班長就可以下課了。」

我跟著眾人一起鼓掌，接過從前方傳來的問卷，隨意勾選完滿意度，便起身連同蘇瑀凌的份一起繳交。

「交完問卷就回教室了啊，不要亂跑。」班導不忘提醒：「還有，問卷記得寫上名字，否則我就當你這一堂課缺席，沒來聽演講。」

聞言，我低頭一瞧，還眞的忘了寫名字，才想隨意找個人借筆，就有人主動遞給我一枝，「妳用吧。」

「啊，謝謝你。」我飛快寫上名字，還筆時，發現筆的主人竟是蘇瑀凌說長得好看的那位助教。是娃娃臉嗎？他看起來一點也不像研究生或大學生。

「不會。」他有一雙溫柔的笑眼，微微彎起的眼睛顯得他更加年輕。

順路走到樓下的圖書館歸還小說，在返回教室的途中，我愈想愈不對勁，不放棄地追問蘇瑀凌。

「眞的沒有轉學生嗎？妳消息那麼靈通，沒聽到一點風聲？」

「妳當我是學校的情報網啊？什麼事都知道。」

「難道不是？每個學長的生日和社團妳都記得一清二楚。」

蘇瑀淩翻了個白眼，「沒有每個學長，我挑過好嗎？」

「確定沒有？」

「百分之百沒有！剩不到一年就要學測了，誰會在這種時間點轉學？就算有，也不一定會來我們班。」

蘇瑀淩說得斬釘截鐵，但我努力地回想，發現腦中的人影愈發鮮明，我幾乎可以肯定故事裡還有個男二尚未出現。他好像姓……夏？如果不是以轉學生的身分登場，難道他是別班的同學，只是我還沒有遇見？

全名是什麼？夏、夏什麼呢……

我絞盡腦汁，似乎快要想起來了，就在我踏進教室的瞬間，一道聲音驀地衝進耳朵。

「我是夏時衍。」

沒錯，就是夏時衍！

不過，這聲音好耳熟，好像在哪聽過……我還在苦苦思索，便又聽到對方開口說話。

「很開心加入這個班級。」

嗯？

我扭頭望去，直直撞上一雙清澈的眼眸，他朝我一笑，我頓時傻住了。

原來說話的是那個擁有一雙笑眼的男孩，他是轉學生？

蘇瑀凌錯愕地問我：「他、他不是助教嗎？」

「不是妳說他是助教的？」我咬牙切齒，不只如此，某人還信誓旦旦地保證，這個時間點絕對不可能有轉學生。

「誰叫他穿便服，我才會誤會⋯⋯」

「好了，妳們兩個在後面吵什麼？已經打鐘了，還不快點回座位！」班導站在夏時衍身旁，目光掃過眾人，「因爲一些原因，時衍今天下午才正式轉到我們班上。希望大家可以幫助他盡快熟悉班級，尤其接下來段考將近⋯⋯」

直到落座，我還沒緩過神來，忍不住搓了搓手臂上的雞皮疙瘩，這還是我第一次想起故事未來的發展，若不是可惡的蘇瑀凌⋯⋯

我鬱悶得想掐死她，好不容易預知了小說劇情，居然來不及告訴顧琮！

「就佟寧吧。」

突然被點到名，我反射性啊了一聲，「什麼？」

「我說，由妳負責帶新同學熟悉校園環境。」班導吩咐。

「爲什麼？」

「我看妳剛剛聽演講時都在底下偷看小說，最近應該挺閒的。」

上課不專心的又不是只有我一個人，幹麼非得指名我！

「這幾天妳就幫忙帶時衍熟悉一下校園，剛好也讓顧琮耳根子可以清靜點。」

班導話裡的深意令全班哄堂大笑。

什麼嘛！我看他根本是怕我影響顧琮的段考成績，故意找事給我做吧！

「欸欸，佟寧，妳怎麼會猜到有轉學生？」下課後，蘇瑀凌這混蛋還敢重提舊事，要不是她誤導我……不行，我不甘心。

我抓住她的肩膀，強迫她轉身面向顧琮。

蘇瑀凌一臉納悶，「妳幹麼？」

「我是不是在轉學生自我介紹前，就向妳預告了班上即將會有轉學生？」

蘇瑀凌點點頭，「是啊。」

「就算妳說不可能，我還是堅持己見對吧？」

蘇瑀凌再次點頭，「嗯。」

我雙手大力往顧琮的課桌一拍，「你看，她都這麼說了，這下你總該相信了吧？就因爲我是小說作者，才會預知到有轉學生這段劇情的發生啊！」

「什麼小說作者，妳在寫小說嗎？」蘇瑀凌插嘴。

「妳先別吵。」我眼睛直盯著顧琮。

顧琮冷靜地問蘇瑀凌：「佟寧是什麼時候提起轉學生的？」

「聽演講的時候。」

「爲了尊重講者，班導來不及當場說明，但在演講開始前就有人發現新同學的存在而去詢問班導了。」顧琮僅僅是陳述事實，便堵得我啞口無言。

是的，無論我怎麼說，早在我想起來之前，轉學生就已經出場了，我終究是晚了一步。

放學後，我打算遵照班導的指示，帶夏時衍參觀校園，他卻婉拒了：「如果妳覺得麻煩，可以不用管我。」

我一怔，意識到自己在課堂上的反應，的確容易遭人誤解，連忙說：「你不要誤會，我沒有不願意，只是突然被老師點名很意外。」

夏時衍低頭笑了下，「我沒有誤會妳。」

我疑惑地眨了眨眼。

「我的意思是，又不是小學生了，難道還會在校園裡走丟？多繞幾次就記起來了，還要人特地帶路確實很麻煩不是嗎？」

我噗哧一笑，見他露出好奇的表情，我解釋道：「其實……我心裡也是這麼想的。」

「是嗎？果然不只有我這樣覺得。」夏時衍毫不在意，「不過若妳方便，能陪我逛一圈校園嗎？省去我繞路的時間。」

「當然可以。」

雖然不清楚夏時衍這位男二的出現，會帶來什麼樣的轉變，但停滯的故事總算能夠繼續向前推進，我決定暫時先順其自然，之後再來想下一步該怎麼走。

「這棟樓是專業科目教學專用的，一樓是家政教室，二樓是音樂教室，三樓則是美術教室。」介紹完專科大樓，我指著不遠處的建築，「理化實驗相關課程則是會在科學大樓上課，看到了嗎？磚紅建築物旁邊那棟就是了，一些科研社團的社辦也在那裡。」

夏時衍應了一聲，我引導他繼續往前走，「我們學校的合作社在地下室，雖然我沒去過，但聽說蛋餅和飯糰滿好吃的。」

「妳沒去過？讀了兩年都沒有進去過合作社？」

我一下子冒出冷汗，趕緊睜眼說瞎話：「我、我是說我沒買過，不是沒去過，一時說太快口誤了。」

我乾笑幾聲，他沒有懷疑，接著我們來到操場，我為他介紹：「平時我們都在戶外上體育課，下雨會改在室內體育館，而籃球場也是我們班的外掃區。」

還記得來到這個世界的第二天，我就莫名其妙被抓來掃整個籃球場，現在想起來還覺得腰疼。沒想到一晃眼已經過了一個月，不知道現實世界的我怎麼樣了？

「妳怎麼了嗎？」

夏時衍的聲音拉回我的思緒，我搖搖頭，「沒事。對了，偷偷告訴你，我們班衛生股長很凶，千萬不要隨便翹掉掃地工作，她會像鬼一樣纏著你，要你自己負責掃乾淨整個打掃區域，很累的。」

「聽起來……妳好像就是受害者。」

我不否認，「所以我以過來人的身分勸告你，不要步入我的後塵。」

夏時衍唇角輕揚，笑容在夕陽餘暉的映照下特別耀眼。

雖然和夏時衍相處的時間不長，但我可以感受到他是個親切開朗的男孩子，臉上總是掛著笑意，為人也隨和健談。一路上我們之間完全沒有尷尬冷場的時候，和他聊天非常愉快。

「學期中轉學很辛苦吧？要重新適應環境，生活上也有許多改變。」

「沒辦法，我是因為爸爸工作調職才搬來這附近，比起我，我爸媽更辛苦。」夏時衍停下腳步，抬起頭來，「我下午經過這裡時就覺得很驚訝，這棵櫻花開得太漂亮了吧？」

不知不覺我們走到了圖書館，我循著他的視線望向茂盛的粉嫩櫻花。這棵櫻花樹真的很神奇，它的綻放時間已經遠遠超過了一般櫻花樹的花期，卻不見凋謝，是它忘記了時間，還是因為傳說的緣故？

我告訴夏時衍關於這棵櫻花樹的傳言。

「一生只開一次的櫻花？聽起來有點悲傷。」

「是啊，當它的生命走到了盡頭，不知道會不會後悔開花？」我走近，情不自禁伸手撫摸它的枝幹，「希望它不要太快凋零。」

我和夏時衍步出學校，在校門口分別，他突然回頭問我：「妳叫佟寧對吧？」

我點頭，他笑著向我揮手，「今天謝謝妳帶我參觀校園，我們明天見。」

之後，我和夏時衍熟悉了起來，遇到需要分組的課程，夏時衍自然而然地加入了有我在的小組。

自從夏時衍出現後，除了偶然記起佟寧將會和他一同採購園遊會所需物品的故事片段之外，我沒能再想起任何小說後面的劇情。

校慶就在下個月，依我和夏時衍的交情，就算我的預言眞的實現了，也會被顧琮認爲是刻意安排的吧。

明明想起了校慶這段劇情，但任憑我再怎麼努力，腦中始終只有模模糊糊的影像，就像蒙上了一層面紗，看不清細節。

我感覺自己陷入了一團棉花之中，無處使力。

「小心！」

我還沒反應過來，一道黑影迅速擋在我身前，拍掉急速飛來的排球。

「妳在發什麼呆？差點就被砸到了。」夏時衍回過頭，語氣略帶責備。

我看著面前的夏時衍出神，他在故事裡的設定是男二，男二顧名思義就是得不到女主角，最後變成炮灰的人。但故事不到結局，誰也說不準不是嗎？

愛情小說裡多的是男二最後和女主角在一起的反轉結局，若想回到原本的世界，條件只是要讓故事有個Happy Ending，那我不必非得要顧琮的幫助，男二逆襲不也同樣是個好結局？

夏時衍伸手在我面前揮了揮，關心地問：「怎麼了？嚇到了？」

「沒有。」我搖了搖頭，「只是一時沒注意，謝謝你。」

「妳在煩惱什麼？」夏時衍打量著我，「妳的眉頭都皺起來了。」

「嗯？」

「如果妳不介意的話，告訴我吧。」夏時衍真摯地一笑，「有我能幫上忙的，儘管開口！」

「夏時衍！你還要不要打球？」幾個男生在排球場朝我們這邊大吼，「快點！就等你了！」

「催什麼催！球技那麼爛，要不是有我，你們就打到人了！」經過這段時間的相處，夏時衍也已經和班上其他同學混得很熟。

「是是是，對不起啊，佟寧。」男同學敷衍地說了一聲，「誰叫你拖拖拉拉，我們爲了等你，到現在都沒開打，剛剛不過是一時手滑而已。」

「還嘴硬！我等下就來教你怎麼打球！」

他們一來一往地鬥嘴，夏時衍向我點頭示意後就走了。

我目送他的背影遠去，男生們圍了上去與他勾肩搭背，夏時衍丟下書包，和他們展開分組比賽，場上吆喝聲和大笑聲不斷。這樣的情景在顧琮身上看不到，他總是和所有人保持距離，不似夏時衍親和。

我已經追著顧琮那麼久了，能做的都做遍了，仍是毫無辦法，現在好不容易出現另一個希望，我是不是得好好把握？

不對，什麼叫好好把握？這個問題的答案本來就是肯定的，我不懂自己在猶豫什麼，是變心的負罪感嗎？但我所做的一切只是爲了回到現實世界罷了，所有的可能，我都應該去嘗試。

下定決心後，我開始遠離顧琮。

說遠離也不正確，我只是不再刻意接近他，這才發現，我若沒主動靠近，我和顧琮的交集竟少得可憐。

蘇瑀凌馬上就察覺了我的異常。

「妳跟顧琮鬧彆扭了？午休不去圖書館，現在連位子也不換到他旁邊了？我可以幫妳……」

「不用了。」我堅定地說，「這個位子滿好的，我不想換。」

早自習的時候，班導心血來潮抽籤換座位，而我乾脆地接受了抽籤的結果。大概這是頭一次佟寧沒去爭取坐在顧琮附近，全班同學的臉上寫滿了震驚，甚至還有坐在顧琮旁邊的人表示願意和我換位子，可是我拒絕了。

「妳到底怎麼了？」

其實我自己也想不明白，我以為自己想要放棄顧琮，將目標轉向夏時衍，但實際上我遲遲沒有對夏時衍採取行動。

也許我是害怕了，我怕故事不會這麼簡單就結束，而我會因此一直被困在這個世界裡。

「是累了吧？」蘇瑀凌趴在走廊的欄杆上，「我姊高中時也是這樣，很努力很努力地追著一個男生，最後追是追到了，可是妳知道後來怎麼樣嗎？」

都用了轉折詞，應該不是好結果吧，我猜測：「分手了？」

「分手倒好，他們上大學後，我姊才發現她男朋友有個很要好的紅粉知己。對方一有事，她男朋友就立刻趕過去，陪對方聊天喝酒說心事，甚至還過夜，卻總是跟我姊說他們只是青梅竹馬，兩個人之間沒什麼。」蘇瑀凌愈講愈氣憤，用力哼了一聲，

「男女之間能有純友誼？我聽他在鬼扯，但我姊那笨蛋還傻傻地相信他。」

蘇瑪凌側過頭來問我：「妳覺得呢？」

「啊？」我愣了愣。

「都有了女朋友還不懂得避嫌，這種男生是不是很渣？」

「每個人情況不同，不能這麼以偏概全吧。」我下意識反駁，「像我……我是說我有一個朋友。」

「朋友？」蘇瑪凌挑眉，「我們學校的？哪個班的？」

「不是我們學校的啦。」我隨口說：「是住在我們家樓下的一個姊姊，已經是大學生了。」

「大學生？」蘇瑪凌聽見關鍵字，眼睛忽地睜大，「不會是佟默哥的同學吧？」

「她在外縣市讀大學，我是之前放寒假時聽她說的。」我繼續瞎掰，見她放錯重點，提醒道：「而且她有男朋友了。」

「哦，是喔。」蘇瑪凌鬆了口氣，「所以呢？妳原本要說什麼？」

「我想說的是，她男朋友也有一個很照顧的社團學妹，是在他們交往之前就認識的，如果她男朋友和學妹眞的有什麼超越友誼的關係，早就該發生了不是嗎？」

蘇瑪凌輕嘖了聲，「社團學妹？一聽就有問題，妳那個姊姊有沒有曾經因爲學妹而被男朋友放鴿子？」

放鴿子？

我已經數不清因爲李妍茗的關係，我和周澤彥的約會行程究竟臨時生變過幾次，只要李妍茗一通電話打來，周澤彥就會對我露出充滿歉意的表情，說：「對不起，若庭，妍茗她突然出了點事，我得去找她。」

同樣一句臺詞，我背得滾瓜爛熟，幾乎在他掛斷電話的下一秒，我就能在心裡同步默念出來，然後微笑告訴他沒關係。

時間久了，我像被制約似的，只是對同樣的刺激做出類似的反應，漸漸沒了多餘的情緒。

可唯有一點，我一直沒能習慣，就是在他每次鬆開我手的那個瞬間，空蕩的手心總像在提醒我，我才是被拋下的那個人。

「……生日。」

「生日還被放鴿子？」蘇瑀凌聲音拔高，我才發覺自己脫口說出了自己最在意的一次。

「他不是故意爽約的，妍茗生病了，他陪她去看醫生，所以才趕不回來。」

「妍茗？那個社團學妹叫妍茗啊？」我一不注意，直接說出了李妍茗的名字，好險蘇瑀凌並不在意，只是古怪地盯著我，「妳幹麼這麼認眞解釋，不知道的還以爲妳是當事人呢。」

「有、有嗎？」我嚥嚥口水，尷尬地笑了笑：「我只是轉述姊姊說的話而已。」

「總之，那個男的爲了社團學妹，在女朋友生日當天放她鴿子，而妳那個姊姊還幫男朋友解釋。我的天！這種聽起來像小說情節的事居然是眞的！原來不只我姊傻。」

被筆下的角色說現實中發生的事像小說情節，心情眞是五味雜陳。

「爲什麼不分手？」

「嗯？」

「我姊也是，妳認識的那個姊姊也是，明明很在意，爲什麼要幫男朋友找藉口？難道，這就是所謂的談戀愛會讓人變得盲目？但心裡有這樣的疙瘩還能一直交往下去嗎？」

「也許她已經不在意了……」

「不在意也不會跟妳說了吧，我認爲她們的解釋都只是想安慰自己，『沒關係』、『我沒事』、『不要緊』，然而這不過是自欺欺人，對自己誠實一點很難嗎？」

自欺欺人？我嗎？

「算了，旁人說得再多，她們聽不進去也沒用。我們本來在聊什麼？怎麼會說到這裡來……」蘇瑀凌皺眉回想，而後啊了一聲，「我想起來了，我不是要看衰妳和顧琮，只是累了就不要追了，顧琮又沒多了不起，肯定會有比他更適合妳的人出現。我覺得新同學就很不錯，不像顧琮冷冰冰的，個性開朗親切，人也長得帥。」

蘇瑀凌說著，曖昧地用手戳了戳我的肩膀，「重點是……他好像喜歡妳。」

「妳又知道了。」我拍掉她的手。

「超級明顯好不好！要不要和我打賭？我贏了妳請我去妳家吃飯，輸了我去妳家陪妳念書。」

這什麼奇葩賭約？不管我贏或是輸，都沒賺到啊。

「我看是妳喜歡我哥，才想這樣打賭吧？」

聞言，蘇瑀凌的臉瞬間紅得像顆蘋果似的，講話結結巴巴：「妳、妳怎麼會知道？」

我瞇起眼，用她的話反擊，「超級明顯好不好！」

第五章

做夢都沒想過，大學畢業這麼久了，我還會因爲段考而失眠。

我以爲很快就能回去現實世界，再加上前段時間專注於思索回去的方法，即便班導耳提面命了許多遍，我也沒把段考當一回事。

直到昨天佟媽媽在晚餐時間問起：「寧寧最近是不是要考試了？準備得怎麼樣？這次不會考得像上次一樣差了吧？」

我心裡一驚，筷子抖了下，夾起的玉米筍掉回盤內。我心虛地避開佟媽媽的目光，將視線轉向最疼愛女兒的佟爸爸求救。

「寧寧，爸爸告訴妳，每個人來到這個世界上都有自己擅長的事，不會念書不打緊，成績不能代表一切，重要的是找到自己的興趣。」佟爸爸說得煞有其事，隨即話鋒一轉，「但寧寧，妳上次段考的分數實在太難看，這次認眞一點，爸爸相信妳會成爲班上的大黑馬。加油！」

我嘴角抽了抽，說得這麼冠冕堂皇，最終還是回歸成績。

我之後可以拍拍屁股走人，但萬一留下的殘局影響到佟寧的大學申請……

可這裡是小說世界，我離開後佟寧會回來嗎？還是故事結束，這個世界就會消失？

不管了，想不了那麼遠，先應付過這次的考試再說。

頂著深深的黑眼圈進到教室，我一放下書包，立刻拍了拍前方人的肩膀：「蘇瑪凌，妳有沒有筆記可以借我？」

我的新座位在靠走廊一側的窗邊，和蘇瑪凌是前後座。

蘇瑪凌轉過頭，嘴裡還咬著蛋餅，講話含糊不清：「彼急？」

「對，哪科都行。」原以爲高中的課程對我而言應該毫無困難，但經過這段日子，我對自己早已不抱希望，昨天瀏覽過段考範圍後，心裡感覺更絕望了。

蘇瑪凌將嘴裡的食物吞了下去，「妳什麼時候看過我寫筆記了？」

「妳沒有？那有誰可以借？」我環顧班上同學一圈，「顧琮？」

「顧琮那個聰明腦袋哪裡需要。」蘇瑪凌單手托腮，語帶羨慕地說：「每到段考，我就特別羨慕一班的同學，有姜妘的筆記可以看。」

「姜妘？」

「就是我們這屆公認最漂亮的女生啊，她是校排第二名，總是站在顧琮身邊領獎，妳不是每次都對此恨得牙癢癢的。」

我哦了一聲，其實根本不曉得蘇瑪凌說的是誰，但我學會了假裝知情，再慢慢套出我要的情報。

提到最漂亮的女生，我不禁聯想到之前意外撞到的那個女孩，像她那麼美的人並不多見，有可能是她嗎？

「上學期有個一班的學生在臉書公開發文，感謝姜妘女神的大力Carry，還附上了一張姜妘的筆記照片。我看了內容，字跡工整秀氣，考試重點清晰有條理，根本就是考前懶人包，嗚嗚……爲什麼我和姜妘不是同班同學啊？」蘇瑀凌抱頭哀號。

我跟著嘆了一口氣，聽蘇瑀凌這麼說，我也好想認識那位姜妘。我瞄了一眼校排第一的某人，不死心地又問：「顧琮他眞的不寫筆記？一個字都沒有？」

「嗯，完全不寫，即使他不讀書也能考第一，優等生的腦子可怕吧？」

我暗暗心想，應該是寫出這種設定的我比較可怕。

「所以比起顧琮，我覺得會做筆記的姜妘親切多了。而且聽說姜妘家很有錢，不過她身上完全沒有富家千金的驕縱氣質，不但常常大方出借筆記，還會提早到校幫忙打掃班上環境……哎，跟妳說那麼多，妳還不是看人家不順眼。」

「我哪有！」我抗議。

「最好沒有。」蘇瑀凌瞇起眼，「不過說來奇怪，我記得一班是在我們前一節上美術課，禮拜二的體育課也在同一堂，常常會用同個場地上課，但最近很少見到她……欸，夏時衍！」

蘇瑀凌眼尖捕捉到從窗外經過的夏時衍，「你有沒有在做筆記？」

「筆記？」夏時衍停下腳步。

「就老師上課內容的筆記，或考試的重點整理，佟寧想借。」

「你有嗎？」我滿懷期待地看著他。

「這個嘛……」夏時衍表情有些爲難。

蘇瑀淩忽然想到了什麼，「啊，我都忘了！你才剛轉學過來，原本學校用的課本應該和我們不太一樣。」

經她一提，我才後知後覺地意識到夏時衍的轉學生身分，考試迫在眉睫，他恐怕得花更多時間準備。我連忙擺手，「沒關係，我再找別人借借看，你辛苦了，剛轉來沒多久就要考試。」

然而我和班上其他同學不熟，實在是開不了口問，最後還是放棄了，打算回家上網找找有沒有考前大補帖，買來惡補一下。

放學時間，我收拾好書包，跟蘇瑀淩邊聊天邊走到穿堂時，身後忽然傳來一陣急促的腳步聲。

「佟寧！」

我頓住，夏時衍跑到我面前，從書包抽出一本筆記本，「幸好妳還沒走，這個給妳。」

「這是什麼？」我疑惑地問。

「段考重點。」夏時衍喘著氣，臉上笑意不減。

蘇瑀凌先一步替我接過，好奇地翻了翻，「哇，整理得滿清楚的耶……咦，這本筆記本不是你午休時間差點被沒收的那——」

「咳。」夏時衍用力咳了聲，打斷了蘇瑀凌的話，他目光轉向我，「那我先走了，有看不懂的地方再問我。」

我急忙喊住他，「夏時衍。」

「嗯？」

「謝謝你。」我眞誠地說。

「不用客氣，有幫上妳就好。」夏時衍笑彎了一雙眼睛，在霞光的映照下，燦爛奪目。

向夏時衍道別，我轉頭問蘇瑀凌，「妳說夏時衍午休時間怎麼了？」

「哦，妳中午睡得很熟沒注意到吧。夏時衍午休時沒趴下來睡覺，被班導抓到，結果發現他是在做課堂重點整理，班導才放了他一馬，沒有沒收本子，沒想到他是特別為妳寫的。」蘇瑀凌笑得曖昧，「我就說夏時衍喜歡妳。」

「妳不要亂講。」

回到家，我拿出夏時衍的筆記，坐在書桌前準備複習，卻盯著筆記本出神。雖然當下駁斥了蘇瑀凌，可我的內心確實因此動搖。

我考慮過向夏時衍坦白一切，希望他和我一起演出一個幸福快樂的結局，這麼做大概是最節省時間的方法。但每每話到了嘴邊，望著他眞誠的眼神，我便自動吞了回去。

事到如今，我也不明白，如果夏時衍眞的喜歡我，究竟是好事還是壞事……

✿

結束了爲期三天的段考，也意味著校慶快到了。

多虧夏時衍的筆記，雖然考試分數還沒出來，至少我沒有淪落到瞎矇答案的地步，這已經足夠令我欣慰。

考完試後，我總算有時間歸還借來的漫畫，於是來到圖書館。不過幾天不見，櫻花花瓣便落了一地，美則美矣，卻格外使人感傷。

「阿姨。」

圖書館阿姨站在樹下，仰頭看著枝頭萎靡的櫻花，聽到我的呼喚，她微笑和我打招呼。

我走到她身旁，感嘆道：「上次來還開得很茂盛，怎麼才過了兩天就謝了這麼多？」

「是啊，這棵櫻花開得突然，也謝得突然。」阿姨眼裡閃過一絲不捨，「開了這麼多天也夠了，但還是有點傷心呢，這麼多年來，好不容易才看到它開花。」

我好奇地問：「阿姨也聽說過那個傳說嗎？據說這棵櫻花樹一生只會開一次花。」

「不只聽過。」阿姨朝我眨眨眼，「那還是我散布出去的。」

「啊？」我震驚地張大嘴，「為、為什麼啊？」

「因為……我想為一個人留住這棵櫻花樹。」

「我可以知道是誰嗎？」

「顧琮。」

「咦？」我更驚訝了，「有這棵樹的時候，顧琮還不是這裡的學生吧？」

那時候的顧琮應該還是個懵懂無知的孩子，怎麼會和這棵樹扯上關係？

「這棵樹是顧琮和他媽媽一同種下的。」阿姨流露出懷念的眼神，「顧琮的媽媽以前是這裡的老師，黃老師當年很受學生們歡迎。」

「以前？那她現在不在這間學校了嗎？」

「黃老師因為罹患癌症，已經過世十年了。」

我心裡一緊，想起幾個星期前在顧琮家的不歡而散，難怪他聽見我說親媽時，臉色會突然變得那麼難看，我根本不是什麼親媽，而是後母吧。

「我一路看著顧琮長大，從身高只到我腰部的小孩，到現在都快要上大學了。黃老師若是看到顧琮成長得這麼優秀、這麼好，一定非常驕傲。」阿姨手在腰際比劃，感慨地說：「那時候顧琮只有四、五歲，黃老師工作忙，常常無法準時下班，所以會在幼兒園下課後就先將他接來。但難免還是有顧不到的時候，當時的圖書館主任和黃老師交情好，體恤黃老師一個人帶孩子不容易，便常自願幫忙照顧顧琮，除了黃老師的辦公室，顧琮待得最多的地方就是圖書館了。」

我聽出不對，試探地問：「黃老師沒有其他家人可以協助她嗎？」

「黃老師的父母早就不在了，至於顧琮的爸爸，在顧琮出生沒多久後就跟黃老師離婚了，原因是出軌，孩子也給了黃老師。獨自撫養孩子雖然辛苦，黃老師卻甘之如飴，可惜幸福的日子過沒幾年，黃老師就檢查出罹患癌症。」

「所以顧琮才會常常待在圖書館？」

因爲圖書館會讓他想起和媽媽之間的回憶？

「那這棵櫻花樹……」

「這棵櫻花樹是在黃老師過世前兩年種下的，顧琮曾經開心地跟我說，他和媽媽約好要一起等它開花，可是直到黃老師住進安寧病房，這棵樹依舊沒開花。黃老師擔心自己沒辦法陪顧琮等到花開的那天，又不想讓顧琮失望，於是編了一個美麗的謊言，告訴顧琮當櫻花盛開時，他將獲得珍貴的寶物。」

原來傳說的起源和唯美浪漫的愛情故事無關，而是出於一個媽媽愛孩子的心情。

「所以……阿姨妳才會到處散播這個傳說。」我低聲說。

長達十年不曾開花的樹，假如阿姨沒有這麼做，引起學生的重視，也許不一定留得住。

「不會開花，不代表這棵樹的存在沒有意義。何況這麼多年過去，它也成爲我心中一股安定的力量，上下班都得看它一眼才安心。」阿姨溫柔地撫摸樹幹，「去年校方要將它移除，我卻無法阻止，一度煩惱得不知該如何是好呢。」

「移除？」我訝異。

「妳怎麼這麼驚訝？學生們站出來抗議的時候，妳不是還帶頭舉牌嗎？」阿姨失笑，「這麼快就不記得了？」

「好、好像有這麼一回事，剛考完試，頭腦還有點混亂啦。」我尷尬地撓了撓臉頰，「但無緣無故的，爲什麼要砍樹？大家顯然都反對不是嗎？」

「是校長下的決定。」阿姨說道：「現任校長就是顧琮的爸爸，因爲他知道這棵樹對顧琮而言很重要。」

我不禁握緊拳頭，突然有點害怕聽到接下來的話。

「黃老師過世時，顧琮的爸爸已經再婚了，不願意接顧琮回去，就拿了一點錢託親戚照顧他。除了每個月固定匯生活費，他對顧琮不聞不問，等顧琮上高中後才突然說希望顧琮可以跟他一起住。」

「爲什麼?他不是不要顧琮嗎?」

「隨著顧琮愈來愈出色，會有更多人關注到這孩子，這世上沒有不透風的牆，與其想盡辦法隱瞞，不如營造出父子和樂的假象比較輕鬆。尤其顧琮爸爸再婚的對象是議員的女兒，更不允許有醜聞出現。」

說到底，他不過是爲了塑造好爸爸形象罷了，他是不是覺得，沒有利用權勢打壓顧琮，只是要求他配合演出，顧琮就應該心存感激?

我的心情有些複雜，雖然這個世界是我創造出來的，然而它並不如我想像中那麼單純。

「砍掉這棵櫻花樹就是校長用來威脅顧琮的手段，只要他願意，隨時可以奪走顧琮珍惜的事物。」

在回家的路上，我愈想愈憤慨，我難以想像自己會寫出這麼無恥的人物。這算什麼父親，自己先拋棄孩子，等孩子大了，發現有利可圖才冒出來，而且還拿櫻花樹要挾，有夠沒品!人渣!敗類!

滿肚子火無處發洩，我隨便踢了下路上的小石頭，石子彈到鐵桶發出清脆聲響，我還是沒能消氣，又補了一旁的資源回收桶一腳。

「不要隨意損害公物。」

我望著只丟下一句話，便逕自越過我往前走的那個熟悉背影，遲疑了一下還是跟了上去，進了電梯，我卻不知道該跟他說些什麼。

我有什麼資格同情顧琮？嚴格說起來，他悲慘的人生不正是我創造出來的？

電梯到達八樓，顧琮按住開門鍵，回頭看我，我傻了幾秒才意會過來，趕緊走出電梯。

在家門口停步，我張口想喊他，喉嚨卻像梗了東西，發不出聲，只能默默望著顧琮消失在冰冷的鐵門後。

圖書館阿姨的話驀然在腦海響起。

「佟寧，顧琮不像他表現得那樣冷漠，他只是不太會表達自己的情緒，其實他比誰都溫柔。自從花開之後，顧琮明顯變得很焦躁，可不可以請妳多陪伴他，轉移他的注意力？」

我注視著顧琮家緊閉的大門良久，下定決心，立刻衝回家，在佟寧的房間翻箱倒櫃，最後只找到一個約三分之一滿的粉紅小豬撲滿。

我晃了晃小豬，零錢碰撞出清脆的聲響，我癟癟嘴，這下就算想透過物質彌補顧琮，也買不了什麼東西。

去找佟默借錢？

萬一佟默問我要幹什麼，我該怎麼回答？還是算了。

我在心裡向佟寧道歉，希望她不會介意，接著狠心打開了撲滿，帶著錢去了趟超市。

提著買好的菜，我站在顧琮家門前深呼吸，提醒自己千萬不能猶豫，門開的瞬間就得抓準時機鑽進去。

做好準備，我按下門鈴。

好幾分鐘過去，沒人前來應門，我踮腳湊近貓眼。顧琮該不會是故意不開門吧？正尋思該不該打電話確認，門被打開了。

顧琮站在門邊，我在他發話前迅速繞過他衝進去，才跑到餐廳，顧琮便追了上來，猛然扣住我的手，「妳想幹麼？」

果然腿長有先天優勢，沒兩下就追上我。

顧琮的嗓音沙啞，像是剛睡醒，我話到嘴邊，瞥見餐桌上的感冒藥，不禁轉而詢問：「你感冒了？」

「只是有點頭痛。」

「頭痛？有沒有發燒？嚴不嚴重？需不需要去看醫生？」我抽出手探向他的額

頭，「不燙，應該沒有發燒。」

「那你——」我冷不防對上他清澈的雙眼，後知後覺意識到彼此間的距離過近，我連忙往退後一步，又問：「除了頭痛外，還有哪裡不舒服？比方說喉嚨或是腸胃？」

顧琮定定地望著我，沉默了好幾秒才開口：「妳是我媽嗎？」

「呃……如果你要這麼想也可以……」

「妳到底想做什麼？」顧琮乾脆地打斷我，視線瞥向我提著的食材，「這些又是幹麼？」

「我想補償你……不不不，我覺得自己很對不起你……」我一時不知該怎麼表達，最終自暴自棄地說：「你就當作我想為你做點什麼就好了，可是我沒錢，所以只能煮頓飯給你吃。」

果不其然，他對我投以像在看神經病的眼神。

「總之，我就是想在能力範圍內為你做點事，不會要求任何回報的。」

顧琮皺眉，顯然沒有接受我的解釋。我能理解，我穿越過來後，對顧琮的態度反反覆覆的，也難怪他會對我的話有所保留。

「你身體不舒服，也沒力氣煮晚餐吧？不然這樣，我向你保證，煮完飯後，我一秒鐘也不會多待，收拾完東西就會立刻滾出去，絕不多說一句話！」我懇切地看著他，「或者我可以從現在開始不說話，絕對絕對絕對不會給你造成一點麻煩。」

在我的再三保證下，顧琮的表情微微鬆動，嘆了口氣，「隨便妳。」

說罷，他便轉身離開。

隨便我？意思就是答應了吧？

考慮到顧琮身體不適，我簡單煮了粥和幾樣清淡的配菜，清潔完廚房後，猶豫片刻，還是決定和顧琮說一聲再走。

見他不在客廳裡，我腳步一轉，往房間走去，輕輕推開虛掩的房門，便看見顧琮躺在床上，呼吸均勻平緩，似乎是睡著了。

大概是吃了感冒藥的關係吧，在我來之前他應該也在睡覺，只是被我吵醒。

顧琮不是我筆下唯一一個有悲慘身世的男主角，年少時喜歡誇張的戲劇效果，寫了很多家庭有缺陷的角色，但人物設定是一回事，當眞正看見一個背負苦痛的人出現在眼前，又是另外一回事。

小說裡的佟寧傻乎乎的，只知道繞著顧琮轉，但她的溫暖和勇氣，或許正是顧琮所需要的，現在頂著佟寧身分的我卻什麼都做不到。

我靜靜地注視著顧琮的睡顏，想到顧琮年復一年守著櫻花樹，度過了孤獨的歲月，心臟頓時隱隱抽疼。待櫻花凋零，他該怎麼承受再一次的失落？有沒有人能夠陪伴他，讓他不至於一個人面對這一切？

那個人，會是佟寧嗎？

如果我改變了故事的結局，這個世界會變成怎樣？佟寧還能夠回到顧琮身邊，成為他的陽光嗎？

我不知道。

但我真的希望，往後的他能不再有悲傷。

隔天，我再次拎著一袋食材按了顧琮家的門鈴，他卻將我擋在門外。

「妳不要再來了。」

「為什麼？」我不解，「我昨天遵守了約定，沒有騷擾你不是嗎？」

「確實。」

「難道我做的菜不合你的口味？昨天是因為你身體不舒服，所以我的調味比較清淡，今天可以重新調整。」

「也不是這個問題。」

「那是什麼問題？」該不會是我偷偷進他房間被發現了吧？「我昨天是——」

「我不需要妳為我做這些。」

我和顧琮同時開口說話，我聽了一愣，「我是自願的。」

「自願的也不行。」

我們僵持不下，我靈機一動，挑眉朝他走近一步，「你，不會是怕自己喜歡上我吧？」

「妳想太多了。」顧琮面色不改。

嘖，激將法果然沒用，但他這副無動於衷的樣子，還眞是讓人心情不好。

「我發誓我沒有其他意圖，你不用這麼防備。我承認之前因爲想回去我的世界，對你造成了困擾，不過現在你不必擔心……」見顧琮表情冷淡，我非常識趣地把長篇大論濃縮成一句：「我已經另有方法了。」

我趁他分神時往前踏出一步，他立刻反應過來阻止了我。

「我不清楚妳聽說了什麼，但我不需要妳的同情。」

恢復活力的顧琮不再像昨天那樣好說話，然而我從他一貫拒人於千里之外的態度中，讀到了一絲情緒的波瀾。

他在害怕，害怕自己的內心被人看見。

「同情和心疼要怎麼區分？」我注視著他深邃的眼睛，「我只知道你對我而言是特別的存在，所以我才想這麼做。」

話音落下，他的表情明顯一怔，我藉機迅速鑽進他家。

「我菜都買好了，至少讓我做完飯再走吧。」怕他趕我出去，我又裝可憐地說：「而且說不定也剩沒幾次幫你做菜的機會了。」

我無法預料故事未來的發展，也不知道一旦故事即將中斷會有什麼徵兆，也許下一秒，我就回到現實世界，再也見不到顧琮。

顧琮沉默片刻，「妳真的是我看過最奇怪的人。」

「是嗎？」我輕勾唇，「那眞是我的榮幸。」

顧琮不再說話，我就當他默許了，逕自走進廚房，著手處理食材。

準備醃肉的時候，我左右瞧了瞧，又蹲下身翻了翻櫃子，此時一道低沉的嗓音從我頭上傳來，「在找什麼？」

我循聲抬頭，不知何時顧琮已走到我身旁。

「砂糖。」

顧琮打開上面的廚櫃，拿了一罐糖遞給我。

「原來在上面。」我接過後，加了一點在醃肉的醬料中。

顧琮沒走，身子倚在冰箱上看著我的一舉一動，我瞥了他一眼，忍不住笑出聲：「怕我下毒，所以站在這裡監視我嗎？」

「我只是好奇，爲什麼妳會做料理？」

「我是單親家庭，爸爸過世得早，媽媽又忙於工作，自然而然就學會煮飯了。」

我理所當然地說了自己眞實的狀況，雖然他會這麼問約莫是因爲佟寧並不會料理，

「你呢？廚房有調味料，代表你會下廚吧，那我不就班門弄斧了？」

「我搬出來住之後才學的，只會弄一點簡單的東西。」

我點點頭，沒再多問，而是專注於手上的工作。

待我將最後一道菜盛入盤中，顧琮接過了鍋子，拿至流理臺刷洗，「我來吧。」

「啊，麻煩你了。」我趕著在佟家人到家前回去，於是匆匆背起書包，才正要往外走卻被顧琮喊住。

「妳以後不要再過來做飯了。」

「咦？我都說不是因爲同情……」

顧琮舉起手制止我繼續說下去，「我只是覺得這並不妥。」

「這有什麼……」我疑惑地說，同時拉了拉書包背帶，忽然間注意到了自己身上穿著的制服，動作瞬間停滯。

一個女高中生到男同學家裡做飯，而這名男同學還是獨居，這……的確不太合適。

「那你有想要什麼東西嗎？我可以買給你。」話一說完，我想起存款所剩無幾的小豬撲滿，沮喪地垂下頭，「但可能不能太貴……」

「妳是打算包養我嗎？」

「我不——」我驚慌地否認，卻見到顧琮唇邊掛著一絲笑意，心跳忽地漏了一拍，「回去吧，我不需要妳買東西給我。」

我眨了眨眼，愣了好幾秒才應聲：「喔。」

直到回到自己的房間，我還沒從衝擊中緩過來。我按著胸口，感受依然失速的心跳，不禁感嘆，平常面無表情的人突然笑起來，殺傷力實在太大了！

✿

不知道是不是既定劇情的緣故，班會上討論校慶活動的過程異常順利，很快便通過在園遊會販售熱壓吐司的提案。分配工作時，我和夏時衍毫不意外地分配到了同一組——負責採買材料。

「還有什麼要買的？」

校慶前一天，我和夏時衍正在清點材料，「應該都差不多了，袋子、吸管、杯子……」

此時，身後突然傳來一陣歡呼，我轉頭瞧了一眼，好幾個同學圍繞著班導開心大叫著，我沒太在意，繼續檢查有沒有遺漏的物品。

「啊，蓋子！我們昨天是不是忘了拿飲料杯的蓋子？」我一一檢視所有物品，眞的唯獨缺少杯蓋。

「沒關係，今天放學再跑一趟就好，老闆人很好，應該還記得我們。」夏時衍安慰我。

「嗯。」

我回到座位，桌上放著一張單子，我拍拍蘇瑪凌的肩，問道：「這是什麼？」

「妳剛剛沒聽到？」蘇瑪凌轉過身來，「班導說明天要請大家喝手搖杯，但只限幾個品項，方便統整，想喝什麼就登記在這張紙上。」

我點了點頭，原來如此，難怪大家會興奮地歡呼，我高中時也是這樣，遇到老師請客，就會開心不已。然而沒等我看清單子上的飲料選項，手中的紙張就被人抽走，取而代之的是一張完整的飲料菜單。

我不解地看向把菜單遞給我的顧琮，「這是？」

「妳另外點。」

「咦？」我十分納悶，「但是能點的飲料品項不是已經決定好了嗎？」

「班導挑的飲料都是茶類，妳喝茶會心悸吧？」顧琮輕描淡寫地說，「所以妳另外挑吧，我之後再和老師說一聲。」

他怎麼知道我……啊，被關在舊校舍教室的那天，我在他家中提過這件事，不過那時候我只是隨口一說，他居然還記得！

「妳慢慢看，放學前告訴我就可以了。」他再度出聲。

我回過神，不希望耽誤他的時間，於是快速瀏覽後隨便指了個果汁。

顧琮記下後，順手幫我把登記表往後傳。

他一走，蘇瑀凌馬上睜大眼睛抓著我問：「我怎麼不曉得妳喝茶會心悸？」

因爲眞正的佟寧喝茶並不會心悸，所以蘇瑀凌當然不曉得。就算佟寧這個角色是參照我自身創造出來的，她終究不是我。

「前陣子喝了紅茶後，發現胸口悶悶的不太舒服。」我含糊地帶過。

「這樣啊，那妳還是少喝點。」蘇瑀凌關切地說，而後話鋒一轉，「不過顧琮竟然知道妳不能喝茶，還這麼關心妳，這讓我好意外呀，我還以爲他只把妳當空氣。」

我也相當意外，原來自己無意間說過的話被人放在心上是這種感覺。

我在意周澤彥，所以我清楚記得他所有的喜好，他喜歡吃飯勝過吃麵，不吃紅蘿蔔、茄子、蔥、蒜，不喜歡帶骨頭的肉。雖然我這麼做不是爲了獲得同等的回報，但當周澤彥好幾次將李妍茗的喜好套到我身上時，我還是會感到受傷。

「看來妳不是完全沒機會。」蘇瑀凌雙眼放光，興奮地說：「若不是顧琮平常有在留心妳的事，怎麼會記得這種小細節？還在妳要點飲料的時候跳出來爲妳設想。」

有沒有注意到細節不能代表一切，但在一起久了，多少還是會發現什麼吧？除非……從來就無心關注。

周澤彥眞的有把我放在心上嗎？

「但這樣夏時衍怎麼辦？」蘇瑀凌捧著臉頰，苦惱地說：「夏時衍對妳也很好……糟糕，如果兩個人都喜歡妳，選誰比較好？」

聽到蘇瑀凌不切實際的妄想，我彈了她的額頭一下，「妳想太多了。」

「哪會！」蘇瑀凌摀住額頭，左右張望了下，隨後靠近我小聲說：「撇開顧琮不談，我認爲夏時衍是眞的喜歡妳，而且可能近期就會跟妳告白了。」

「妳以爲自己是蘇仙姑嗎？」

「拜託，別小看女生的直覺，更何況夏時衍表現得那麼明顯。」蘇瑀凌翻了個白眼，「別不相信我說的，要是被我說中了，妳記得回來叫我一聲蘇仙姑啊。」

「好啊。」我敷衍地回，「到時候再幫妳在學校擺個算命小攤子賺外快。」

蘇瑀凌輕嘖一聲：「我是認眞的！」

「我也是認眞的啊。」我一臉無辜。

蘇瑀凌還想說些什麼，但此時上課鐘響起，班導也準時進入教室，蘇瑀凌只能無奈地轉過身。

「明天就是校慶了，現在發下去的是活動流程表，希望大家都能遵守，共同爲班級努力。」班導站在講臺上說明。

我盯著流程表，心思早已飛遠。其實蘇瑀凌說得沒錯，在這段日子的相處中，我當然感受到了夏時衍對我存有好感，如果我開口要他幫忙，他會答應吧？

若故事持續向前推進，隨時都有可能中斷，屆時的劇情發展只會更加難以捉摸，我想盡快回到原來的世界，就得加緊腳步。

否則過了今天，不清楚未來還會有什麼其他的改變。

「要走了嗎？」放學鐘聲響起，夏時衍背著書包來到我的座位旁。

「嗯。」可能就要離開這個世界了，也沒什麼好收拾的，我背起書包，又看了眼這個座位，突然有些感傷。同樣令我不捨的，還有在這個世界遇到的每個人，畢竟他們是真心待我好，然而我什麼都不說就要離去。

但我最放心不下的，還是……

「你等我一下。」我對夏時衍說。

我匆忙來到顧琮的位子旁，卻不見他的人影，「顧琮呢？」我詢問坐在他後方的同學。

「沒看到，可能已經回家了吧。」

是嗎？真可惜，在這最後的時刻，我很想再跟他說幾句話。倒不是想向他告別，畢竟他從來都不相信我的說詞，聽到我說再見也只會覺得莫名其妙吧，只是想叮嚀他好好照顧自己，不過看來沒機會了。

我環視教室一圈，自嘲地笑了笑，看向夏時衍，「走吧。」

途經圖書館，曾經滿樹絢爛的櫻花轉眼已凋落成泥，徒留光禿的枝椏。

「我剛轉學來時，這棵樹還開得很茂盛，現在幾乎都快謝光了。」夏時衍頗為感嘆。

「嗯。」我抬頭，目光停在孤懸在枝椏上的幾片花瓣，「估計明天就看不到了吧。」

我初來這世界，它開花了，我要離開時，它凋謝了，沒想到這棵奇異的櫻花樹陪伴我度過了那麼長的時間。在我走後，這棵樹會如何呢？它不同於一般的櫻花，開過一次花後，會不會就將迎向死亡？到時候顧琮又該怎麼辦？

我只能由衷盼望，這個故事不會因爲我的離去而結束，世界會恢復正常運轉，眞正的佟寧可以回來，並陪在顧琮身邊，讓他不再孤單。

來到食品材料行，因爲隔天就是校慶，裡面有不少學生在採購，老闆正忙著結帳和回答他們的問題。

夏時衍拿著發票走向櫃檯，「老闆，我們是昨天來買飲料杯的學生，不知道你還有沒有印象？我們昨天忘記拿飲料杯的杯蓋了。」

老闆接過發票，打量著我們的臉，恍然大悟地哦了一聲，「我還在想說是哪班的學生忘了拿杯蓋，原來是你們啊！你們在這裡等一下，我進去裡面的倉庫拿。」

「謝謝老闆！」

在夏時衍和老闆溝通的期間，我滿腦子想的都是待會該怎麼開口，才能令夏時衍明白，並願意配合我完成這個故事的結局。

「佟寧，妳看，今天晚上好像有流星雨。」夏時衍回頭喊我。

「啊？」

我循著夏時衍手指的方向望去，牆上的電視正播放著關於流星雨的新聞，「據說每小時最多能看到近百顆流星，那一定很壯觀。」

「流星再多，也不夠每個人許願吧。」

「妳想許什麼願望？」

「我嗎？」

之前，我的願望絕對是回到原本的世界，但現在，我希望顧琮未來能快樂，還有這個世界的大家一切安好，不要因爲我的到來和離去而有不好的影響。

本來還躊躇不曉得該怎麼起頭，所幸夏時衍剛好開了個話題，給了我一個好機會。我吶吶地說：「夏時衍，我有一件事情想拜託你幫忙，你聽了可能會很驚訝，但請你先保持耐心聽我說完。其實我——」

「今天下午在中正路交叉路口發生一起死亡車禍，一臺公車疑似闖紅燈，撞上行經斑馬線的黃姓高三生。」耳邊的流星雨新聞播報突然暫停，臨時插播了一則快訊，驀地奪走我的注意力，「黃姓高中生當場被撞飛倒地，頭部遭受重擊，送至醫院時已無呼吸心跳，經搶救後仍宣告不治，林姓司機被依過失致死罪移送偵……」

車禍……校慶前一天……校門口……

腦海閃過幾行文字，一陣寒意湧上心頭，我的指尖不由自主地顫抖著，想也沒想便跑出食品材料行，「對不起，我有急事要先走。」

我全力奔跑，風狠狠颳過我的臉頰。我一直記不得小說的內容，因此一直在擔心劇情隨時可能無預警中斷，但此時我終於想起來了！

這本小說斷在顧琮出車禍的那一刻。

第六章

顧琮不是早就回家了？這時怎麼還會在學校附近？我想起來的劇情是正確的嗎？我滿腦子疑惑，卻不敢放慢腳步，除非親眼確認顧琮的安全，否則我無法放心。

我一路拔腿狂奔，肺就像快炸開來似的，上氣不接下氣，好不容易快到校門口，我看到顧琮正從學校裡走出來。

他居然眞的還在！

來不及呼喚他，我眼睜睜地看著號誌燈切換成綠燈，顧琮邁步走上斑馬線，這時有臺大卡車疾馳而來，伴隨著刺耳的喇叭聲。

「顧琮——」我瞪大眼，下意識衝上前，用盡力氣推開他。

尖銳的煞車聲緊接著響起，有人拉了我一把，我失去重心，一陣天旋地轉，摔跌在人行道上，避開了車子直面而來的巨大衝擊。

「佟寧、佟寧……」

我艱難地睜開眼，一時間視線無法對焦，我又連眨了幾下眼睛，才看清顧琮緊張的表情。我緊緊抓住他的手，眼角忽地一陣酸澀，「你沒事、你沒事……眞是太好了……」

緊繃的情緒一放鬆，眼淚就這麼奪眶而出，「對不起，眞的對不起，你會遇到危險都是因爲我，要不是我，你不會過得這麼辛苦……」我語無倫次，沒有辦法想像方才晚了一步會發生什麼事。

「那妳哭得這麼慘，是想推卸責任嗎？」顧琮若有似無地嘆息。

「我沒有……」話說到一半，我震驚地望著他，「你剛剛說了什麼？你是不是——」

「我什麼都沒說。」顧琮打斷我，閃躲著我的目光。

「不，我聽到了！」我一掃悲傷，振作了起來，「你相信我說的話了？」

「先站起來吧。」顧琮握住我的手臂，小心地將我扶起。

我還想說些什麼，但發生在校門口的這場混亂引來許多注目，已經有人朝我們走來，現在實在不是說這件事的好時機。我閉上嘴，借顧琮的力道起身，一施力便吃痛地嘶了聲。

「還好嗎？」顧琮立即關心，動作更加輕柔。

「還好。」待站穩後，我輕輕抬起手，手掌和手肘處都有擦傷，腳踝也頗爲刺痛，不過能撿回一條命已是不幸中的大幸。

卡車司機第一時間就被熱心群眾包圍，防止他肇事逃逸，而一名女老師目睹了事發經過，此時和司機一同來到我們身邊。

司機因爲趕送貨而闖了紅燈，結果差點弄出天大意外，急得滿頭大汗。看到我們沒事，他明顯鬆了一口氣，連連道歉，直說願意負擔醫藥費，要我們去醫院檢查看看。

我覺得自己沒有大礙，再三表明無意追究，顧琮作爲另一個當事人也尊重我的決定，沒有發表意見。

最後在女老師的協助交涉下，我們決定不另外通知警察，但留下了卡車司機的聯絡方式。

司機離開後，女老師雙手環胸，對著我們橫眉豎眼，「你們明不明白你們的舉動有多危險？尤其是妳……」她指向我，「妳以爲妳是女超人嗎？要不是顧琮及時拉住妳，妳根本不可能好端端站在這裡，妳以爲妳在救人，其實是給人添麻煩！」

我想救顧琮，結果反而被顧琮救了嗎？在我推開他的瞬間，他就反應過來並反手拉住我？

「顧琮你也是，那不是可以逞能的情況，只要有個萬一，你賠上的可是自己的性命。你太魯莽了，這件事我必須知會校長。」

聞言，顧琮眼神銳利地直視女老師，「這是我的事，跟她一點關係都沒有。」

不等女老師回應，他拉住我的手腕就走，我可以感受出女老師的這番話影響了他的心情，不過他仍然顧慮我的傷勢，步伐並不大，直到看見我們居住的公寓大樓，他才感覺燙手似的放開我。

「別聽她說的。」

「嗯？」

「妳……沒有給我添麻煩，在妳推開我之前，我沒注意到那臺卡車。」顧琮彆扭地背對我。

就算顧琮不解釋，我心裡也明白，女老師多半是清楚顧琮和校長之間的關係，所以想藉由告訴校長自己協助處理了這起車禍事件，向校長邀功——可惜顧琮完全不領情。

但說到底，最後還是顧琮反過來救了我，否則我……

我看著他泛紅的耳根，輕輕地說：「我知道。」

顧琮動作一僵，才轉過身來。

「不過她也沒說錯。」我淺笑著，「要不是你，我現在不可能好好的。」

顧琮凝視著我，嗓音乾啞：「妳有沒有想過，萬一車子直接撞上妳……」

我聳聳肩，「當下哪想得到那麼多，那時候我一心只想救你，才努力趕回來，幸好來得及。」說到這裡，我突然想起方才中斷的話題，「你相信我說的話了，對吧？我事先預知了車禍這件事也可以當作證明。」

顧琮反問：「我說過我相信了嗎？」

「我看你的眼神就知道了，之前你都把我當神經病，但現在不一樣了。」

顧琮的表情微妙，索性不理我，逕自往前走，直到抵達家門口前，他才停下來問我：「妳真的不打算去醫院？」

「只是小傷，就不浪費醫療資源了。」我不以爲意，「再說，這個時間我爸媽……我是說佟寧的爸媽快回來了，他們若是發現我差點出車禍，還進了醫院，一定會擔心的，你也清楚，他們非常疼愛佟寧。」

顧琮不贊同地皺眉，「那妳要怎麼解釋這些傷？」

「嗯……經過球場時不小心跌了一跤？」我想起穿越過來那天，蘇瑀凌胡亂編的理由，不禁笑了出來，「放心吧，不是什麼嚴重的傷，不仔細看不會注意到。」

我對顧琮擺擺手，剛要打開家門，手腕卻被顧琮一把抓住。

「進來吧，傷口至少先處理一下，否則發炎就麻煩了。」

也是，既然要隱瞞，我就不可能當著佟家人的面擦藥，但傷口又不能置之不理，於是我點點頭，跟在顧琮後頭進了他家。

「坐吧，我去拿醫藥箱。」

「嗯。」坐在沙發上，我看著他走進房間。還說不信呢，我以第三人稱稱呼佟寧的爸媽，他也沒反駁啊！

不久後，顧琮拿著醫藥箱回到客廳，先是拿了幾塊酒精棉片給我，但見我笨手笨腳的，還因爲疼痛而不敢仔細清潔，他搖搖頭，接過我手上的酒精棉片，「我來。」

我尷尬地扯扯唇角，「麻煩你了。」

他握著我的前臂，清理了一遍傷口，再塗抹上碘酒，然後拿起OK繃在我的手肘處比畫了兩下，接著用剪刀稍微剪了幾刀，貼上後便極爲服貼，一點也不影響關節活動。

「好厲害。」我讚嘆地說。

「有什麼厲害的？我只是把它剪開來而已。」顧琮不以爲然。

見手肘部分處理好了，我攤開手，拿起另一個OK繃就要往手心的擦傷貼下去，他卻先一步阻止我的動作。

我吶吶地說：「其實我自己可以的……」

「別動。」

他低頭仔細替我上藥，手指輕劃過掌心帶來些微麻癢，偌大的房子裡只有我們兩個人，寂靜得連一根針掉在地上都能聽見。我不是第一次來顧琮家，今天卻特別不自在，心慌意亂之下，隨口扯了個話題打破沉默，「幸好我想起來車禍這段情節，不然故事一中斷，眞的不知道會發生什麼事。」

雖然小說裡的主角往往有不死的威能，但這是一部沒寫完的小說，主角還能理所當然地活下來嗎？

「什麼意思？」

「我說過這世界是我寫的小說吧？但這個故事我並沒有寫完。前陣子我遭遇霸凌被關在舊校舍、學期中突然轉來一個轉學生，以及今天的車禍，其實都是小說裡安排的事件，只是我一直想不起大部分的情節。」我苦笑著說，「不過這場車禍我有印象，假如沒記錯，我寫的故事就到校門口那場車禍爲止，之後的劇情就會是全新的發展，不再是我當初已經寫下的內容。」

「這會有什麼影響？」

「或許沒有了原有劇情的限制，我和你們的交集會愈來愈少，這樣我也不知道該怎麼繼續這個故事……」我的聲音不自覺地變小，「也不知道如何回去我原本的世界了。」

「這麼想回去啊。」顧琮貼好最後一個OK繃，抬眸看我，「妳的世界眞的有這麼好嗎？」

我的世界……好嗎？

每天被老闆呼來喚去，只爲了賺取微薄的薪水，沒幾個知心的朋友能傾訴，和母親之間的感情日漸疏離，不像在這裡，有關心我的父母和兄長。

那麼，我迫切想回去的理由是什麼？周澤彥嗎？可即使是周澤彥，他也更在乎李妍茗，而不是我。

我怔愣了好半晌，一個字都回答不出來。

「夏時衍。」顧琮沒有追問，轉而說道：「他是故事裡的重要角色，對吧？妳說另外找到了回去的方法，關鍵就在夏時衍身上？」雖是疑問句，但顧琮說得很肯定，像是早已知道答案。

我也不意外，先前都提到了轉學生是劇情的一部分，顧琮會猜到也是理所當然。

我乾脆地承認，「是，夏時衍是小說的男配角，因爲故事沒有寫到結局，感情戲的走向也尙未完全明朗，我推測還有一點轉圜的空間，覺得可以嘗試請他幫助我完成這個故事的結局。」

「妳告訴他了？」

「還沒。」我甚至還把他丟在了食品材料行，等一下得打個電話跟他道歉才行。

「爲什麼？」顧琮問，「妳不是急著回去？」

「我……」我嘴巴張了又闔，說不出個理由。

爲什麼呢？是擔心夏時衍不配合我？還是從圖書館阿姨口中聽到了顧琮的過去，覺得對顧琮有份責任，因而一再拖延？我自己也說不清楚。

「打算先想一個好說詞？」顧琮給了我一個臺階下。

「對啊。」我馬上順著他的話，「如果他跟你一樣把我當瘋子，那我不就慘了。」

顧琮輕咳一聲，「畢竟誰會相信自己是小說中的人物？而且身爲作者，妳也提不出有力的證據。」

他現在是在怪我沒記清楚劇情？

「都七年前的事了，你記得你七年前寫過的東西嗎？」我不服氣，「何況我不只寫過一部小說，還能想起這個故事，我已經很佩服自己了。」

「妳會不會連現在寫的小說內容都不記得？」顧琮打趣道。

聞言，我咬了咬唇，良久才緩緩吐出：「……沒有了。」

顧琮揚起眉。

「兩年前……」我黯然地說，「我就放棄寫小說了。」

「因爲不喜歡了？」

「喜歡啊，很喜歡。」我苦澀地說，「如果不喜歡，也不會寫那麼多故事。」

「那爲什麼要放棄？」

「因爲沒有時間再讓我做白日夢了。」我的語氣比我想像得還要平靜，「大學時只要一有空我就在寫小說，因爲是興趣，即使知道寫作無法養活自己，我還是寫得很快樂。直到有一天，我發現身邊的人一直在前進，大家都有了明確的目標，明白接下來自己該往哪裡去，只有我停在原地，一點長進都沒有。」

「若庭，妍茗她下學期決定要雙主修了。」

「妍茗跟我說，她之後打算申請英國的研究所。」

「妍茗她真的很厲害，也很有想法，從大一就擬定好目標，現在已經收到了好幾所學校的offer了。」

是從哪個瞬間開始的？

周澤彥的這些話無形中給我帶來了壓力，我開始拿自己跟李妍茗比較，工作、存款、學歷，用世俗眼光重視的一切來衡量自身的價值，在焦慮以及自卑感不斷滋生的情況下，最後我選擇割捨掉熱愛的事物，試圖追上他們的腳步。

「我放棄也是對的，我根本沒有寫作的才華，才會寫出這麼狗血的劇情，害慘了你。」我自嘲地笑了笑，「不對，我有說放棄的資格嗎？比我努力的人很多，寫得比我好的人也有很多，我不過是寫著好玩的，有什麼資格說這種話？」

我看著顧琮，想從他那裡得到認同，「你也認爲我不再寫小說是正確的決定吧？」

顧琮清澈的眼睛注視著我，問：「那爲什麼妳看起來這麼難過？」

一股酸澀湧上心頭，我側過臉，迴避他的目光，視線落在了窗外，此時暮色已沉。

「你看錯了。」我走到窗前，腦中一片混亂，想到什麼就說什麼，以逃避眼下的話題，「我看到新聞說今天晚上有流星雨，但雲層這麼厚，恐怕是看不到了，本來還想向流星許個願呢。」

「許了就會實現嗎？」顧琮走到我身後，語氣滿是質疑。

「總得試試吧，說不定會出現奇蹟，搞不好咻一下，我就回到現實世界了。」

「妳眞的想回去？」

「當然，畢竟我不屬於這個世界啊。」

「那不如對我許願。」

「什麼？」

「妳要的奇蹟，我給妳。」

我剛轉過臉，他就傾身吻上我。

我記不起自己是怎麼離開顧琮家的，回家一進到房間，我的雙腿便發軟得站不住，沿著關上的門板緩緩滑坐在地。

我訝異地摀住唇，腦中混亂不已。

顧琮他、他他他爲什麼要……

當時的畫面閃過腦海，我立刻感到臉頰發燙、心跳加速，我緊緊按著胸口，簡直快要瘋了。我可是有男朋友的人，怎麼可以因爲一個吻動搖成這樣！而且顧琮是高中生，未成年！我的眞實年齡大他七歲，我這是犯罪了吧？

不對不對，我在想什麼亂七八糟的，顧琮吻我只是爲了幫助我回去原本的世界，沒有其他原因，親吻也是告白的一種方式。沒錯，就是這樣！

但……爲什麼我還在這裡？

難道這樣不算結束？或是我的推測錯誤，這不是回去的方法？

分不清是因爲顧琮的吻，還是因爲仍然待在這個世界的困惑，我在床上翻來覆去了一整夜，直到遠處天空泛起亮光才沉沉睡去。

✿

「寧寧，起床啦。」

不知過了多久，我突然聽見佟媽媽的呼喚傳入耳裡，頓時從床上彈起。

看了眼房間的擺設，果然依舊是小說中的世界，我忍不住嘆了口氣。都接吻了，結果還是沒能回去嗎？

我認命地起床刷牙洗臉，換上運動服。來到客廳時，只聽佟媽媽埋怨地對佟爸爸說：「欸，我在看韓劇你幹麼轉臺，現在演得正精彩，快點轉回去！」

「妳之前不是已經看過那部劇了嗎？」

「看過就不能重看？」

說著，佟媽媽索性從佟爸爸手上搶走遙控器，畫面一轉，男女主角接吻的側臉特寫塞滿了整個螢幕。

我驀然一陣心虛，連忙挪動腳步來到餐廳，耳朵仍能聽到佟家父母的對話。

「這種跌倒然後意外親到的戲碼到底有什麼好看？」佟爸爸嫌棄地說。

「你不懂啦！」佟媽媽像個少女似的捧著臉頰，目不轉睛盯著螢幕上的男人，「啊，怎麼會這麼帥！我要是再年輕個二十歲就好了。」

「這在現實中根本不可能發生，太不合理了。」佟爸爸一味地挑毛病，一點也沒注意到佟母只顧著欣賞帥哥，把他的話當耳邊風。這就是男女生之間的差異嗎？在意的部分完全不一樣。我輕啜一口牛奶，側耳傾聽他們的互動。

「還沒交往就隨便親來親去的，這什麼劇情，教壞小孩子！」

「噗──咳、咳⋯⋯」我被一口牛奶嗆個正著，咳得眼淚都流出來了。

佟爸爸急急忙忙抽了幾張衛生紙來到我身邊，拍了拍我的背，「今天是你們學校的校慶吧？爸爸載妳去，慢慢喝就行了，不趕時間。」

待咳嗽緩下來，我接過衛生紙擦了擦嘴，「我沒事了。」

佟爸爸的話爲我帶來一絲靈感，對啊！誰說親吻就一定代表喜歡？何況顧琮從來沒有對我表示過什麼，確實不能將其視爲故事結局，那我當然回不去了。

不行，我不能輕易放棄，因爲除此之外我也想不到其他辦法了。

來到學校，校慶尚未開始，學生們都趕忙布置攤位。我和蘇瑪凌在班長的指揮下，一起去教室搬幾張桌椅供班上攤位使用。蘇瑪凌目光掃到我手上的傷，立刻皺起眉，「妳的手怎麼了？妳最近好像常常受傷。」

「沒什麼，不小心摔倒而已。」聽她一說，我才意識到自從來到這個世界後，我的身上三不五時就會增加新的傷口，只能說小說女主角不是那麼好當的。

「桌子我來搬吧。」

這時，顧琮突然從前門進來。即使我已經拚命告訴過自己，顧琮只是想幫我才會吻我，可一看到他，我還是無法克制地回想起昨天那一幕。

我感覺全身發熱，見他愈走愈近，我內心慌張起來，顧不得這麼做非常欲蓋彌彰，我隨便拖了張椅子就拉著蘇瑪凌的手落荒而逃。

「喂，佟寧妳幹麼？別跑啊。」

我們各自搬了一張椅子來到操場上，跑道四周都搭起了棚架，各班的攤位已經準備得差不多了。迎面而來的風稍微吹散了我臉上的熱度。

蘇瑪凌拍了拍我的肩膀，「欸欸，妳看！」

「什麼？」

「是姜妘。」我依言望去，是上回見到的漂亮女孩，蘇瑪凌感嘆道：「一陣子沒見，她好像更瘦了。」

女孩精緻的臉龐在陽光的照耀下顯得明亮動人，我輕輕地啊了一聲，「原來我上次撞到的人就是姜妘。」

再次見到她，我仍被她的美貌震懾，我想這應該是校花的等級了。

「妳在講什麼，妳不知道姜妘？還有，妳上次撞到她？」蘇瑪凌一臉狐疑。

「嗯，她還跟我說抱歉呢。」我忽然意識到自己的語病，畢竟眞正的佟寧鐵定認識姜妘，我不該一副現在才知道姜妘是誰的樣子。不過我決定裝傻，只回答另一個問題。

「被撞到的人不生氣，反而向撞人的道歉，她是天使吧！難怪大家都這麼喜歡她，家世好、成績好，長得漂亮，性格又善良，完完全全是人生勝利組。」蘇瑪凌羨慕地說：「眞好，我好想成爲她這樣的人，就算只有一天也行。」

我望著姜妘纖細得彷彿風一吹就會飄走的背影，不禁心想，身爲一個人人嚮往的美好存在，姜妘自己是什麼樣的心情？

「對了，我昨天放學經過校長室，聽到顧琮和校長在吵架。」

「吵架？」

所以這就是那天顧琮明明那麼早離開教室，卻在學校逗留的原因？

「校長希望顧琮未來報考醫學系，說是為他好，念醫科才有前途之類的，不過顧琮好像不太樂意……」蘇瑪凌聳聳肩，「校長說得那麼好聽，其實只是想讓顧琮成為學校用來招生的招牌吧。」

「妳……知道校長和顧琮的關係？」我遲疑地問。

「這不是妳跟我說的嗎？」蘇瑪凌奇怪地瞥了我一眼，「也是啦，現在學校裡記得這件事的人也不多了。顧琮剛入學的時候，校長還表現出一副引以為傲的樣子，顧琮當面給他幾次難堪，他就不再公開作秀了。」

蘇瑪凌說著嘆了一口氣，「顧琮挺可憐的，他爸爸只是為了名聲，不是真心對待他，如果沒有妳鍥而不捨地追著他，他就是一個人了吧。」

我的心不禁一揪，大家嘴上不說，私底下都拿同情的眼光在看顧琮吧？

「別想太多，妳不覺得顧琮最近變了嗎？」蘇瑪凌瞧我神色難看，安慰道：「感覺有溫度多了……呃，可以這麼形容嗎？總之妳聽得懂我的意思就好了。」

「佟寧，妳把紙袋拿來了嗎？」

正在試做熱壓吐司的同學打斷我們，顧不得繼續深想，我趕緊回道：「還、還沒，我現在馬上回去拿。」

蘇瑪凌也被抓去幫忙其他工作，我便獨自回到教室，途中碰上了抱著一大箱材料的夏時衍。

我猛然憶起自己昨天放了他鴿子，後來也忘了打電話向他道歉，於是連忙跑上前想分擔一些重量，夏時衍卻搖搖頭拒絕，「我來就好，倒是妳的手怎麼受傷了？」

「哦，不小心跌倒。」簡略解釋完，我雙手合十，歉疚地道：「對不起，我昨天先走了，留你一個人。」

「沒關係。」夏時衍的微笑還是那麼溫暖，「我比較好奇，妳昨天本來想拜託我做什麼？」

「欸，我……」

「佟寧、夏時衍，你們在幹麼——」不遠處攤位上的同學朝我們大喊：「快點過來！」

「又被打斷了。」夏時衍無奈地笑了下，「看來只能待會再說了，我們先過去吧。」

校慶的開幕式結束後，園遊會正式開始，校園裡頓時人聲鼎沸。

大家手忙腳亂好一陣子，攤位的運作才總算上軌道，我和夏時衍輪第二班顧攤，簡直忙得不可開交，待和其他同學交班後，我們才有了自由活動的時間。蘇瑀凌人早就不見蹤影，大概是到司令臺前看熱音社的表演了，因此我便和夏時衍一起逛園遊會。

「妳想吃什麼？」

「不曉得其他班都賣什麼東西，先到處看看吧。」

逛了一圈，由於人潮實在太擁擠，我們隨便買了幾樣食物就離開操場，打算找個安靜的地方坐下來吃。

「好多人。」儘管隔了一段距離，我還是能聽見操場上的喧嘩聲。

「校外人士好像也來了不少。」夏時衍說。

附近的長椅早就都被坐滿了，最後我們在教學樓入口處的階梯上席地而坐。

園遊會上各班販售的商品大同小異，加上我也沒什麼胃口，索性買了杯冰淇淋汽水和小份薯條。

「妳就吃這些嗎？」

「早餐吃太飽了，現在吃不下。」我拿起飲料喝了一口，「而且幾乎每班都在賣炒泡麵，這是園遊會的必備菜單嗎？」

夏時衍聞言一笑，「我高一時，班上也賣炒泡麵。」

「是嗎？果然很熱門呀，我高二的園遊會也是。」

「高二？」

意識到自己的失誤，我急忙改口：「我是說國二啦，國二。」

我們聊著各自對園遊會的回憶，三兩下就解決了手中的食物。收拾完垃圾，我們一起前往洗手臺，夏時衍像想起了什麼，忽然開口：「妳聽說了嗎？」

「嗯？」我把杯子拿到水龍頭下沖水。

「圖書館旁邊的櫻花樹又重新開花了耶。」

手一頓，水滿過杯緣溢出，我趕緊關掉水龍頭，回頭驚訝地看著他，「怎麼可能！」

「我今天沒經過圖書館，是早上聽別人說的。」夏時衍聳聳肩，「要去看看嗎？」

「好。」我點頭，把杯子丟進資源回收桶，跟著夏時衍往圖書館走去。

還未來到圖書館，遠遠就能瞧見滿開淡粉花朵的櫻花樹，甚至開得比先前更加繁盛。

怎麼會呢？

雖然這棵櫻花樹本來就不能以常理看待，但如今它突然重新綻放總該有個原因吧？況且這棵櫻花樹不是一生只會開一次花嗎？難道……是和故事開始自行發展有關？

「好神奇，真的又開花了！」夏時衍發出讚嘆。

假如這裡是現實世界，這棵樹恐怕會引發騷動，說不定還可以登上各大媒體版面，然而在這個小說世界中，即使感到不可思議，大家似乎仍沒有多想。

我愣愣地盯著櫻花樹，連續兩次的盛開，究竟是爲了什麼？

「佟寧。」夏時衍喊了我一聲，眼底帶著溫和笑意，「妳不是說有件事想請我幫忙？現在可以告訴我了嗎？」

「我……」

只要我開口，是不是就能回去原本的世界了？

「其實我——」

可是顧琮該怎麼辦？我才剛得知他爸爸不只把他當作棋子，還想插手他未來的人生，我不應該爲他做些什麼嗎？

夏時衍眞誠地注視著我，「若我做得到，我一定會盡力幫妳。」

顧琮已經失去了太多了，不能連未來也被他父親摧毀，我現在還不能回去，至少、至少得先告訴他我的想法。

最終我將話吞了回去，「沒事，不是什麼太重要的事，我已經解決了，謝謝你。」

「是嗎？眞可惜錯過了幫助妳的機會。」夏時衍語氣惋惜，猶豫了一下，他緊張地抿了抿唇，「佟寧，其實我有話想跟妳說。」

我疑惑地眨了眨眼。

「我轉學過來後，受到妳很多照顧，我知道妳喜歡顧琮，可是我還是想讓妳明白，我一直都在。」夏時衍目光灼灼，我頓時察覺到他接下來想說什麼。

「佟寧，我喜——」

不行！

我錯愕地想張口阻止，忽然，有一雙手從後面緊緊摀住我的耳朵，阻隔掉外界的聲音。

我回過頭，「顧琮？」

顧琮放開手，朝夏時衍道：「班長找你，他人在攤位上。」

「班長？」

「嗯，他很急。」

夏時衍掙扎了一會，還是決定聽從顧琮的話，對我說：「那我先回去了。」

「好。」我點點頭，目送夏時衍離開，心裡居然鬆了口氣。

我轉向顧琮，他正抬頭望著櫻花樹，「這棵櫻花樹會再次開花，是因爲妳嗎？」

顧琮會這樣認爲也無可厚非，但我誠實地說：「我也不是很清楚。」

他收回視線，把目光放到我身上，「妳不生氣？」

「生氣？」我納悶，隨後想起昨天的吻，忍不住結巴：「我、我知道你只是想幫我，雖然沒有成功，但我也不是十、七八歲的少女了，你完全不需要在意昨天的事。」

「我是說……」顧琮神色淡然，「假如我沒有打斷夏時衍，妳可能已經如願回去了。」

原來他指的是這件事，我剛剛還故作大方地解釋一堆……天啊！丟臉到好想挖個地洞鑽進去。

「所以，妳不氣嗎？」他又問了一次。

我深吸一口氣，努力壓下翻湧而上的羞恥心情，「我確實想回去，但在那之前我還有話得告訴你。」

「什麼話？」

「你不要聽你爸爸的話，不要像我這個沒用的大人一樣，放棄自己眞正喜歡的事，盡情去做你想做的，過你的人生。」

「我也沒打算照他說的做。」顧琮語氣平淡，聽他這麼說我就放心了，「妳想說的就這些？」

「還有，好好照顧自己，不要生病。」我看著他的雙眼，發自內心地說：「雖然不知道我離開後會發生什麼事，可是我相信眞正的佟寧一定很快就會回來，她會陪在你身邊，到時候所有事情都會變好的。」

說完，我的心情卻沒有因此變得輕鬆，而是莫名感到一陣苦澀。

「或許你之後會忘了我，不過沒關係，只要你能獲得幸福就好了。」

「妳好像說完道別詞了。」顧琮神色不變，我看不出他在想什麼，「現在換我了。」

「什麼？」

他朝我一步步走近，最後站定在我面前。

「如果擔心我，那妳就留在我身邊吧。」顧琮深深地注視著我，「留在這個世界。」

第七章

「佟寧！」

另一道男聲驀地傳來，我還沒反應過來，顧琮已經越過我向身後的人打招呼，「學長。」

「你們在這裡幹麼？我去你們班的攤位沒看見妳，是一個男同學告訴我妳和顧琮在這裡。」佟默微笑走近。

我不動聲色拉開和顧琮的距離，扯了扯嘴角，「哥哥，你怎麼來了？」

「剛好有空就來逛逛。」佟默驚奇地抬頭望向櫻花樹，「之前就聽朋友說這棵櫻花樹綻放了，一直沒時間來看，沒想到都這麼久了花還沒謝。」

佟默和其他人一樣，雖然疑惑這棵櫻花樹的花期特別長，但也僅止於感嘆而已，沒有特別深究。

佟默欣賞了半晌才收回目光，接著察覺到我和顧琮之間氣氛怪異，視線在我們身上打量了一會，「你們……怎麼了嗎？」

「沒有。」顧琮很快地回道，「我還有事，先走了。」

「嗯，你去忙吧。」

顧琮走後，佟默直盯著我，我被他看得心虛，吶吶地問：「幹麼？」

「妳不帶我去你們班的攤位看看？」佟默好笑地說。

我鬆了口氣，輕輕地哦了一聲，不料才走了幾步，佟默喊住我，「佟寧。」

我回過頭，「嗯？」

「妳喜歡顧琮嗎？」

我喜歡顧琮嗎？

從沒想過的問題竄進腦海，原以爲答案顯而易見，然而這一刻我無法果斷地否認。明明打著讓夏時衍以男二身分逆襲的主意，卻遲遲沒有付諸行動，甚至在夏時衍主動開口時，我竟湧起了阻止的衝動。

這些我無法解釋的猶豫瞬間，都有顧琮的影子，是不是就是因爲我喜歡上……

不可能！也絕對不可以！

我有男朋友，而且我和顧琮的差距不只是年齡和身世背景，還有一整個世界。

「沒——」不對，佟默不是問我，他問的是佟寧才對。驚覺這點，我硬生生改口，「當然啊。」

佟默審視我良久，最後輕聲說：「太不一樣了。」

「什麼？」我疑惑。

佟默搖頭，「沒事，只是覺得太久沒回來這個學校，好像許多東西跟記憶裡不太一樣了。」

我和佟默並肩往操場的方向走，一路上腦中盤旋的卻是顧琮說的那句話，和他當時的神情。我看得出來他不是在開玩笑，他的語氣裡帶有一絲懇求。

爲什麼？

他那樣說是什麼意思？

「放開——」我彷彿聽到了誰的聲音，循聲望去卻沒見到人影。

「怎麼了？」佟默低頭問我。

我又東張西望了一下，「你有聽到什麼聲音嗎？」

「沒有。」佟默仔細聆聽，「沒什麼特別的。」

「可能是我聽錯了吧。」

佟默一來到攤位上，立刻成了活招牌。因爲最近他比較忙，所以這陣子很少來接我放學，許久未露面的結果，就是吸引了大量高三學姊爭先恐後地光臨，造成我們的熱壓吐司很快銷售一空，早早就準備收攤。

「佟寧，我先去附近書店買點東西，等會再過來接妳。」見我還要和班上同學一起收拾攤位，佟默體貼地對我說。

「好。」

少女們依依不捨地目送佟默離去，多虧了他，我什麼事都不用做，便收到了班上同學的各種感謝。

「今天是什麼好日子啊？」蘇瑀凌打從見到佟默後，心情就一直處於亢奮狀態，「佟默哥來了，宋老師也來了，還說他下禮拜就能回學校上課。」

「宋老師？」

「我們班的數學老師宋必啊，上個學期他不是突然請長假？後來聽說他是身體出狀況，需要長時間休養，所以才不能繼續教我們數學。」蘇瑀凌撿起地上的塑膠吸管，扔進垃圾袋內，「那時候得知這個消息，大家不是都很難過嗎？」

蘇瑀凌像是想起什麼，斜睨了我一眼，「不對，妳除外，妳應該是全校唯一一個討厭宋老師的人。」

「我嗎？」我好奇問：「爲什麼？」

「我怎麼知道，妳又不告訴我。」蘇瑀凌哼了一聲，「但我猜也猜得到，八成是去年宋老師選了姜妘而不是顧琮參加數學競賽，妳因此記恨在心吧。」

「是喔。」

「不然呢？宋必可是全校公認的好老師，上課幽默風趣，講話不死板又有條理，別班都巴不得上宋必的課呢，不懂妳有什麼好不滿的？」

佟寧一遇上顧琮的事就容易失去理智，蘇瑀凌這麼說挺合理。

「不過他這次回來後還是不會再教我們班，好可惜，如果是他上課，我數學一定能進步很多，說不定學測就考頂標了。」

我忍不住笑出聲，「最好是啦！」

校慶進入尾聲，各班皆開始清理環境，而我們班因爲收攤得早，只需要將桌椅搬回教室就可以放學了。我和蘇瑀凌早上負責搬椅子過來，於是也負責把椅子搬回教室。

「妳等我一下。」才爬了一層階梯，蘇瑀凌便被認識的人叫住，她放下椅子讓我在原地等她，隨即回去和朋友交談。

我百無聊賴地倚在牆邊，等待蘇瑀凌，此時一名男人從我面前經過，走上階梯，一個褐色皮夾從他的褲子口袋掉出。見他沒發現，我連忙跑上前撿起皮夾並喊住他：「你的皮夾掉了。」

男人轉過身，他戴著黑框眼鏡，長相斯文，年紀約莫三十多歲。這個時間點除了本校學生以外的人幾乎都離開了，會在教學樓走動的話，大概是老師吧。

見到我，男人的眼神明顯閃過一絲詫異，我不禁疑惑他是不是認識佟寧，但他表現出來的情緒卻有著說不出的違和。

此時，蘇瑀凌的聲音從樓下傳來，「佟寧？妳跑去哪了？椅子還沒搬呢。」

相隔不到三秒，她又急性子地喊：「佟寧——」

我想趕快下樓堵住蘇瑀凌的大嗓門，男人卻遲遲未伸手接過皮夾，我只好再度出聲：「你的皮夾。」

男人回過神來，收下皮夾後，我便匆匆跑下樓，「來了來了，不要再叫了。」

「妳跑到樓上去幹麼？」

「有人皮夾掉了，我拿去還他。」

「喔。」我們重新搬起椅子往上走，蘇瑀凌忽然問：「對了，妳輪完班是和夏時衍一起去逛園遊會嗎？」

「怎麼這麼問？」

「今天佟默哥來攤位找妳，是夏時衍告訴他，妳和顧琮人在圖書館附近的。咦？等等……」蘇瑀凌聲音突地拔高，「妳、顧琮和夏時衍，你們三個在一起？」

嗅到八卦的味道，蘇瑀凌雙眼放光，直盯著我，「你們怎麼會湊在一起？肯定發生了什麼事，對吧？」

經她一提，下午的回憶全數湧上腦海，我感覺太陽穴隱隱發疼，不曉得接下來要怎麼去面對夏時衍，還有顧琮。爲什麼故事的走向看似如我所願，卻令我感到如此無力與抗拒？是因爲我的想法變了嗎？

「告訴我嘛。」蘇瑀凌纏著我。

「沒有，什麼事都沒發生。」我避開她，搬著椅子逕自走上樓梯。

晚上洗過澡，我躺在床上盯著潔白的天花板，不自覺嘆了口氣。整個下午我都在閃躲顧琮和夏時衍，明明他們是我回去原本世界的關鍵，結果現在我卻想避免與他們接觸。

我不明白，假如只是為了和顧琮說最後幾句話，為什麼話說完了，我沒有立刻再去拜託夏時衍，要是換作之前的我，無論用什麼方式，只要有一點希望，我肯定會不顧一切去嘗試。

之前……

對了，我來到這個世界多久了？

一個月？兩個月？還是更久？

是從什麼時候開始，我不再那麼在乎時間的流逝，連想回去的心情也不再那麼堅定。

抽離當下的環境，我才發現自己這麼多年來用力拽著的一個人，也許根本沒把我放在心上，但若是沒有周澤彥，我還有其他值得回去的理由嗎？

「寧寧。」佟爸爸敲著門，「妳出來一下好嗎？」

招手。

「好。」我應聲，隨即翻身下床。來到客廳，佟爸爸正坐在沙發上，興奮地向我

我在他身旁坐下，他傾身拿過桌上的筆電放到腿上，看著我問：「我和媽媽打算連假期間安排一場小旅行，妳想去哪裡玩？」

「咦？」

「我們不是每年都會全家一起出去玩？這次連假有四天，妳想去山上還是海邊，遊樂園還是動物園，都聽妳的。」佟爸爸將螢幕轉向我，操控滑鼠點開好幾個景點介紹的頁面，「妳看看有沒有喜歡的地方？我可以讓媽媽提早訂房，妳看這間飯店裡就有這麼多設施可以玩，還有這個民宿好像也不錯……」

佟爸爸興高采烈地說著出遊計畫，眼神滿是寵溺，我一時說不上話來，只是盯著電腦螢幕發愣。

「對了，之前妳不是提過想住小木屋？不如我們找個農場，體驗露營生活，晚上就吃烤肉？」

說著，他立即輸入關鍵詞搜尋，我看著他專心的側臉，不禁心生羨慕。如果我有爸爸，他也會這樣疼愛我嗎？

忽然間，有個想法自心底油然而生。要是我留在這個世界，以佟寧的身分生活，是不是會變得更幸福？

我會擁有一個健全的家庭，全新的校園生活，能夠過上從前嚮往不已的人生，也能……繼續待在顧琮身邊。

比起回去面對一無所有的自己，留在這裡會不會反而是更好的選擇？

「妳覺得怎麼樣，寧寧？」

佟爸爸的話打破我不切實際的想法，我霎時一陣愣然。

待在顧琮身邊？我在想什麼，竟然會希望待在顧琮身邊？

「寧寧？」佟爸爸再次輕喊。

我心不在焉地回道：「我覺得看起來都不錯。」

「那等媽媽洗完澡出來，我們再和她一起討論。」

「嗯。」

經過全家熱烈地商議，連假的出遊地點終於定下，可我依舊沒弄清自己的想法。

禮拜二上課時，我本來還擔憂著不曉得該怎麼面對顧琮和夏時衍，然而出乎我的意料，他們對我的態度非常自然，彷彿不曾在櫻花樹下發生過任何事。

佟寧在班上是國文小老師，下課後我發現國文老師不小心把水壺忘在講桌上，於是便幫國文老師送回辦公室。從辦公室出來時，我碰到了班導，「佟寧，妳剛好在這啊，幫我個忙，把英文習作搬回教室。」

「好。」

班導將手上的一疊作業簿交給我，匆匆忙忙地走了，但作業簿疊得不整齊，走沒幾步，最上面的幾本便搖搖欲墜，我趕緊靠著牆重新將它們疊好，結果手上重量忽然一輕，夏時衍從旁冒出，拿走了大半疊簿子。

「要拿回教室嗎？」

我愣愣地點了點頭。

「那一起走吧。」夏時衍揚起微笑。

他一貫的溫柔體貼，讓我更不好意思接受他的好意，「我自己搬得動的。」

「佟寧。」夏時衍垂下眼，低聲地說：「早知道會讓妳這麼不自在，我就什麼都不說了。」

「這跟你沒有關係。」我著急地直搖頭，「是我的問題。」

「怎麼會是妳的問題？妳又沒做什麼。」夏時衍笑了笑，「我很清楚妳一直都喜歡著顧琮，也聽說妳為了他付出很多。但從沒見過他有任何表示，所以我才會想，如果妳累了，放棄他會不會比較快樂？不過看來是我想太多了，就算沒有顧琮，妳還是打算拒絕我的對吧？」

「夏時衍，我……」我想解釋，卻不知從何說起，最後只能低聲道歉：「對不起。」

「不要說對不起，這種事本來就沒有對錯，何況我們之間什麼都沒有，所以不要對我感到抱歉。」夏時衍語調輕柔，「而且妳能和顧琮互相喜歡是件值得高興的事，別因爲在意我而變得不開心。」

我和顧琮互相喜歡？顧琮……喜歡我？

突如其來的爆炸性訊息炸得我思緒一團混亂。

顧琮怎麼可能會喜歡我，我們可是不同世界的人，不過……如果不是這樣，我好像也想不通他爲什麼希望我留下來……

不會的，跟喜歡無關，他一定另有緣由。

「不可能，顧琮不會喜歡我的。」

「爲什麼不可能？」

「因爲不可以！」我不能喜歡上他，他也不能喜歡上我。

可是……他若眞的喜歡上我，這不就是我要的Happy Ending？

「不可以？」夏時衍神情納悶，「這是什麼意思？」

我一怔，結結巴巴地回：「沒、沒有，我只是太震驚了。」

「看樣子之前顧琮眞的讓妳吃了不少苦。」夏時衍笑出聲，隨後似乎是意識到這個反應不太妥當，他連忙說道：「我不是在笑妳……只是打從心底替妳開心。」

夏時衍眞的是一個十分開朗溫暖的人，我能感覺到他是眞心希望我過得好，不求任何回報。

「謝謝你。」

夏時衍挑眉，「幹麼說謝謝？」

「不是你讓我別說對不起的嗎？」我反問。

夏時衍後知後覺地啊了一聲，笑出一口白牙，「對喔。」

我忍不住跟著笑了，朝他伸出手，「你拿太多本了，一些給我吧。」

「不用，我拿就好了。」夏時衍躲避我的動作，逕自往前走。

我追上他的步伐，又說：「給我一些啦。」

「眞的不用。」

就這樣，我和夏時衍一路說說笑笑，行經轉角時，我眼角餘光瞥見後頭似乎有個人影，可一轉過頭，只見走廊上盡是來來往往的學生，並沒有誰跟在我身後。

「怎麼了？」夏時衍問我。

「沒什麼。」大概是我太敏感了吧。

「佟寧，妳放學後要不要和我一起去上數學加強班？」中午用餐時，蘇瑀凌興致勃勃地拉著我問，「是宋老師開的課後輔導班，禮拜二和四各一堂，高二同學自由報名參加。宋老師說他上學期突然請假，回來後除了擔任導師的班級，沒能繼續再帶高二數學，覺得對同學們過意不去，因此特別向學校爭取開課後班，想要幫大家提前爲大考做準備。妳說他人是不是很好？」

「數學加強班？」

「去嘛去嘛，難道妳還因爲數學競賽那件事跟宋老師計較？」

我對補數學沒興趣，可實在敵不過蘇瑀淩在我耳邊叨念個不停，再加上也好奇這麼受學生愛戴的老師長什麼樣子，便答應了蘇瑀淩放學後去瞧瞧。

最後一節課的老師下課遲了點，當我和蘇瑀淩來到課後班所在的一班教室時，已經頗晚了。令我意外的是，座位幾乎都已坐滿，晚來的只剩後面寥寥幾個位子可以選擇。

我和蘇瑀淩在最後一排坐下，傳說中的宋必老師正好推門而入，我立刻認出是那個掉了皮夾的人，原來他就是蘇瑀淩口中的宋老師。

宋必走上講臺，放下課本，臉上掛著溫和笑意，「大家好久不見，看到這麼多人願意捧場，我有點受寵若驚。」

「老師身體好點了嗎？」

「好想老師。」

「爲什麼不教我們班了——」

宋必一開口，底下學生紛紛熱烈回應，我一瞬間以爲這裡是粉絲見面會現場。

不過一堂課下來，我終於明白他爲什麼如此受學生歡迎了，能將枯燥的數學題講解得生動有趣，難怪大家搶破頭也想上他的課。

天色漸漸暗下，課程到了尾聲，宋必放下粉筆，從資料夾中抽出一疊紙。

「今天就上到這裡，由於各班老師的教學進度不盡相同，所以我現在發下這張調查表，請大家塡寫個人資料和學習進度，以及希望加強的範圍。」

我接過前方傳來的調查表，再次感嘆這位老師對於教學的用心。

「塡好調查表就可以下課了，麻煩每排最後一位同學幫忙收一下，時間晚了，大家回家路上小心。」

坐在最後一個位子的我塡完表便起身，收完一整排的調查表後，交給宋必。

「佟寧。」

我才轉身就聽宋必喊住我，於是再度回過身去。他直直盯著我，卻沒說話，我被看得有點不安，正要開口詢問，宋必就眨了眨眼，彎起唇角，「又見面了。」

我不確定他是指什麼，校慶那天嗎？雖然宋必曾是佟寧這班的數學老師，可是據蘇瑀凌所說，佟寧和宋必的關係並不好，爲何宋必一副與佟寧相熟的語氣？

雖然覺得他這句話有些不對勁，但一時也說不上來是哪裡有問題，因此我敷衍地附和：「是啊，又見面了。」

回家的路上，我還在思考著宋必奇怪的言行，等到發現顧琮也在等候大樓電梯時已經太遲，只好在顧琮的注視下，假裝若無其事地走到他身旁。

「現在才回來？」顧琮率先開口，在我剛穿越過來的時候，這是根本不可能發生的事情。

「嗯。」我低著頭，不敢看他，「和蘇瑀淩去上了宋老師開的加強班。」

「有趣嗎？」

「還行。」

隨著電梯門打開，我們的對話戛然而止，狹窄的電梯內，彼此的呼吸彷彿被放大了數倍，我揪著衣襬，無法克制地想起夏時衍說的話。夏時衍說顧琮喜歡我……然而他知道我不是這個世界的人，即便如此還是喜歡我嗎？所以才想要我留下？

我感覺這就是正確答案，卻又不敢相信，不過繼續胡亂猜測顧琮的心思也只是浪費時間，我需要直截了當的回應，才能確定下一步該怎麼做。

抵達八樓，我們緩緩步出電梯，趁他進門前，我喊住他，「顧琮。」

他轉身看我。

我深吸一口氣，直視他深邃的眼眸，「你喜歡我嗎？」

「妳在套話？」

「嗯？」

空氣彷彿凝結了，這次我清楚看見他眼底的波瀾，「說了妳就會消失了吧。」

顧琮雖沒有明說，卻清楚表明了他的態度。

可我呢？爲何我還是感到思緒混亂？比起揣測別人的心思，我這才發現，原來更困難的是聆聽自己內心的聲音。

✿

接下來幾天，我沒有刻意迴避顧琮，也沒有回應他，似乎不去面對，我就能假裝什麼事都沒有。

「我今晚要聚餐，放學後馬上就要趕回家，不能留下來上課了。」這天放學，蘇瑀凌對我說，「那妳自己還要去加強班嗎？」

「嗯，我會去。」最近因爲顧琮的事心煩，在家待著也是胡思亂想，不如找點事做轉移注意力。

宋必講課一如往常精彩，可我低估了自己心思紛亂的程度，課上到一半還是不知不覺出神了。少了蘇瑀凌在身邊，我更容易陷入情緒中，無法掙脫。

「佟寧，下課了。」宋必伸手在我的桌面上敲了幾下，我嚇了一跳，看了看四周，不知道什麼時候教室裡只剩下我一個人，於是我趕緊收拾書包。

「妳今天在想什麼？」宋必問，「整堂課都心不在焉。」

「老師對不起，我今天——」

我一起身，手腕便迅速被箝住，宋必使勁一拽，將我整個人壓在牆壁上，嗓音低沉得駭人，「是不是在想怎麼樣才能找到證據舉報我？」

我嚇了一跳，反射性地掙扎，他卻更用力地抓住我，我痛喊出聲，「老師，你幹麼？放開我！」

「老師？當初指著我，說我沒有資格當老師的人是誰？」宋必面露猙獰，瞳孔布滿血絲，不復平時的溫雅，「現在口口聲聲喊我老師，妳心裡在打什麼主意？」

「我聽不懂你在說什麼……你放開我、放開我！」我極力反抗，卻無法阻止宋必將膝蓋塞進我的兩腿間，接著一隻手撩開我的裙子往上摸去。我整個人一僵，一股噁心感湧上，我怒瞪著他，身子忍不住打顫。

「這樣就害怕了？還想當正義使者？我已經警告過妳別多管閒事了，妳還是不聽。」

宋必輕蔑地笑了，他一手在我的大腿根部不斷游移，「我早說過了，姜妘那種孩子是精緻的陶瓷，人生容不得一點髒汙，她是絕對不會站出來指證我的，只有妳一頭熱，像個傻子一樣。」

我腦中一片空白，手腳發軟，再也使不出一點力氣，只有眼淚不停地滑落。

「妳看，我這不是好端端地回來了，什麼事都沒有。」宋必傾身靠近我，熱氣噴撒在我臉上，他抽回手，伸向我的胸口，我想往後退，然而背後抵著的冰冷牆壁令我無路可退。

宋必挑開我制服最上端的那顆鈕扣，「別想搞什麼花招，以我現在在學校的形象，妳說大家會選擇相信妳還是相信我？或許學校還會以爲是妳勾引我，反而將妳退學。」

「憑妳的能力，要不是我面試時爲妳說了幾句好話，妳會錄取嗎？不懂得感謝，還想舉報我？以我在業務部的地位，大家知道後只會說是妳勾引我。」

過去那相似的噩夢與眼前的場景重疊，我滑坐在地，用盡全力也無法抑制身體的顫抖。

不管誰都好，有沒有人可以來救救我？顧琮……

他不會來的，這不是安排好的劇情，他不可能出現，沒有人會來幫我，這才是殘酷的現實。

「不抵抗了？」宋必居高臨下地望著我，接著彎下身輕撫我的臉頰，勾起唇角，「這樣也好，妳太倔強的話，我也會覺得不舒服。」

眼前所有光線被宋必漸漸覆上來的身軀遮去，僅剩黑暗籠罩住我，我絕望地閉起雙眼。

「靠！」劇烈的桌椅碰撞聲冷不防響起，我猛地睜開眼睛，一個熟悉的背影擋在我身前，眼淚頓時再度潰堤。

宋必從地上狼狽地爬起身，抹去嘴角滲出的血，故作困惑地說：「顧琮你是不是誤會了？事情不是你看到的那樣。」

顧琮緊握拳頭，空氣中瀰漫著一股沉重的壓力。

見顧琮不爲所動，宋必乾脆不再掩飾，「你是校長的兒子又如何？你知道你爸爸是什麼樣的人嗎？他的眼中只有利益，你只是他手中的一顆棋子。」

「他是什麼樣的人，我很清楚，不需要你來提醒我。」顧琮冷硬地說，並朝宋必走去。

發現顧琮沒有一絲動搖，不等顧琮接近，宋必當機立斷便跑出教室。

即使宋必走了，我仍蜷縮著身子，整個人難以動彈。

顧琮回到我面前，蹲下身，輕輕抱住我，「對不起，我來晚了。」

他溫暖的懷抱使我的情緒徹底崩潰，我忍不住抱著他嚎啕大哭。

待我稍微平復下來後，顧琮陪著我離開了學校。怕佟家人擔心，我打了個電話，隨意編了藉口，說要向顧琮請教功課，來到了他家。

坐在沙發上，我呆愣地看著顧琮忙進忙出，一下子拿毯子蓋在我身上，一下子又為我熱牛奶，一邊時不時注意我的情況。

當他把熱好的牛奶放到我眼前時，我低聲問：「你怎麼知道我在那裡？」

「放學時，我注意到妳沒有和蘇瑪凌一起走，又一直不見妳回來，以防萬一就跑回學校了。」顧琮擰緊眉頭，表情難掩愧疚，「是我想要把妳留下來，才害妳遇到這種事……」

「如果我說，我在原本的世界一樣會遇到這種事呢？」

第八章

我看著他詫異中又透露著關心的神情，突然有勇氣去面對深埋在內心深處的傷。

「我有一個男朋友。」我娓娓道出我的過往，「我們從大一開始交往，他很溫柔，對周遭的人也都很好，不過他有個特別照顧的對象——他高中社團的學妹。交往這六年來，無論他爲了學妹放過我幾次鴿子、約會臨時變卦過幾次，因爲喜歡他，我從來沒有懷疑過，儘管我的朋友不斷地勸我看清現實。」

或許是因爲看開了吧，我已經能用很平靜的語氣述說那個自卑的自己，「我總是想著，倘若他們之間眞的有什麼，他也不會和我交往。他的學妹長得很漂亮，也很優秀，與她相比，我簡直一無是處。可是我男友還是選擇了我，所以我告訴自己要信任他，假裝不在意他們的關係，同時努力想和學妹一樣，成爲一個出色的人。後來我眞的得到了一份夢寐以求的優渥工作，我以爲我男友會因此對我另眼相看，但他仍離我愈來愈遠……在我穿越到這個世界的前一天，我們吵架了。」

我雙手緊緊交握，「那天和他見面前，我和主管單獨去倉庫盤點，趁著四下無人時，主管突然……」指尖開始發顫，嘴張了又闔好幾遍，我還是無法親口說出接下來發生的事，連回想都覺得痛苦。

抖。

顧琮把手輕輕覆在我的手上，我這才發現即使兩手交握了，也抑制不住我的顫

我吸吸鼻子，忍住在眼眶打轉的淚水，鼓起勇氣繼續說：「我從不覺得自己是力氣小的人，但在那個當下，我卻害怕得沒辦法推開他。後來到了晚上，我和男友在餐廳見面，才剛入座，學妹就打電話過來，這次我沒有像往常一樣讓他離開。」我苦澀地說道：「那是我第一次，開口要求他留下來。」

「若庭，妳很獨立，什麼都能做得很好，可是妍茗不一樣，她需要我。妳今天是怎麼了，爲什麼這麼無理取鬧？」

周澤彥說的這句話，令當時的我愣然不已。李妍茗那麼優秀，我一直都比不上她，如今他竟說我什麼都能做得很好，所以要拋下我一走了之？

我斂下目光，「然而，他最後依舊毫不猶豫地走了。」

現在回想起這段，我已不再心痛，只覺得可笑。

「不知道這算不算好事，因爲他走了，讓我滿腦子都在想自己是不是做錯了，是不是不應該提出這種任性的要求，反而沒心思去想下午發生的那件事。」我深呼吸幾口，「隔天上班，我仍不斷思考著該怎麼道歉才能跟他和好，之後朋友打電話來罵

我，說她看到我男友又去接學妹下班，問我爲什麼不肯清醒。我知道我朋友是爲我好……」

鄭語玲惡聲惡氣的關心猶在耳邊，我終於克制不住情緒，眼眶再度泛紅。

「我不是不願意清醒，我只是希望自己看起來和別人一樣幸福，我不懂自己到底哪裡做錯了……」

爲什麼我這麼努力了，幸福還是那麼遙遠？

「妳做得很好。」顧琮輕撫我的頭，「妳總是在反省自己、爲他人著想，這樣的妳已經很好了。只是妳沒有發現，自己已經受傷了。」

我一怔，這番溫柔的話語，令我的眼淚不自覺滑落。

「如果妳覺得痛苦，就留在這個世界吧。」顧琮爲我拭去淚水，認眞地注視著我，「讓我來保護妳。」

就算這個諾言不會成眞也沒關係，因爲在這個瞬間，我在他眼裡找不到拒絕的理由，「好。」

翌日，我從佟爸爸的車上下來，就看到顧琮站在校門口。

「你在等我？」我走到顧琮面前。

「嗯。」

「爲什麼？」

「我擔心妳。」顧琮答得毫不遲疑。

顧琮直白的關心讓我臉上一熱。

見我低著頭遲遲沒說話，顧琮又問：「不想進去？」

「如果我說對呢？」

「那就別進去了。」

聞言，我噗哧一笑，「教官就在旁邊，還敢說要蹺課，也太大膽了。走吧，快遲到了。」

從這天開始，我重拾課本，過起單純的校園生活，不再擔心公司主管的騷擾，也不用再理會同事們的閒言閒語，更不需要爲了周澤彥而對李妍茗一再讓步。

在這裡，我只是一個普通的高中生，一切都能從頭來過。

「老師，放在這裡就好了嗎？」

「沒錯，放桌上就可以了，謝謝妳。」作爲國文小老師，我將班上同學的習作放到指定的位置，國文老師隨後從抽屜拿出兩疊考卷，「佟寧，這份試卷是你們班今天的作業，另一份請妳幫我拿給一班的小老師，告訴他明天收上來，算一次平時成績。」

我接過試卷的手頓時一僵，「一班嗎？」

「對，麻煩妳了。」

自從那件事過後，我總是刻意地避開一班的教室。

然而縱使再怎麼不願回想起那晚發生的事，我還是無法不在意宋必說的話。

「像姜妘那種孩子是精緻的陶瓷，人生容不得一點髒汙，她是絕對不會站出來指證我的，只有妳一頭熱，像個傻子一樣。」

照宋必所說的，再加上姜妘之前見到我時奇怪的反應，是不是可以推測姜妘也是受害者？而佟寧無意間發現了這一點，於是試圖幫助姜妘，結果似乎白忙一場？

從國文科辦公室離開，我踏上樓梯，慢慢接近一班的教室，我的呼吸逐漸加重，額頭和手心滲出一層薄汗。

我用力握緊手中的試卷，繼續往前走，忽然有人從後面搭住我的肩膀，將我整個人轉了個方向。

「妳要去哪裡？」顧琮抓著我，擔憂地問。

在顧琮的注視下，我武裝起的勇氣立即消失無蹤，最後無力地垂下頭，自嘲地說：「做錯事的人是我嗎？爲什麼只要是和他有關的地方，我都害怕得不敢靠近。」

宋必的形象太好了，我手中沒有任何證據，就算我跳出來控訴他，也可能被反控爲誣告。因此我只能眼睜睜看著宋必繼續戴著好老師的面具，在校園裡物色下一個獵物。

「再給我一點時間，我保證妳很快就不會再看到他。」

「那姜妘怎麼辦？」雖然不知道顧琮有什麼辦法，但我並不懷疑他的話，只是萬一姜妘在這段時間仍持續受到宋必的侵犯呢？這種事一分一秒都難以容忍。

「姜妘？」

「宋必那天……提到了姜妘，我想……之前佟寧可能察覺到宋必對姜妘做了什麼。」

「這是妳寫的劇情嗎？」顧琮問。

我皺眉想了想，搖搖頭，「我不太記得了……這樣是不是很糟糕，想不起自己寫的內容就算了，偏偏還關係到姜妘的安全……我現在能肯定的，是佟寧想要解救姜妘，所以才會被宋必盯上。」

當初我安排這段情節的用意大概是想突顯女主角的見義勇為，沒料到換成自己來面對，只顯得我懦弱不堪，「如果是佟寧，一定會勇敢行動吧……」

「妳就是妳，在我身邊，妳不需要成爲任何人。」顧琮緊握住我的手，掌心的暖意安定了我焦慮的情緒，「不要忘記妳也是受害者。我會想辦法，不要擔心。」

✿

若要說重新成爲高中生有什麼壞處，那就是必須再經歷一次學測，爲了跟上課程進度，顧琮利用午休時間在圖書館替我補習。

我趴在桌上，心情很是鬱悶，「重來一遍我還是不知道要選什麼科系。」

早自習班導語重心長地對我們說：「距離學測只剩不到一年的時間了，希望大家可以開始好好思考大學的志願。」

我以爲這對我而言並不困難，畢竟我已經出社會了，然而正因爲了解社會的現實，顧慮的事更多，反倒無法單純地做出選擇。

「慢慢想就好，不急。」

「你呢？」我好奇地問：「你不會照你爸爸說的去念醫科吧，那你想讀什麼科系？」

顧琮沉默了幾秒才回應，「我還沒決定。」

「不管念什麼，你都沒問題的。」

「妳對我這麼有信心？」

我對他眨眨眼，「因爲你是我創造出來的呀，在我的人物設定裡，你的聰明程度絕對是最高等級！」

「還真是謝謝妳啊。」

「不用謝，小事一樁，未來哪天要是我流落街頭，就靠你救濟我了。」

「說得跟真的一樣。」顧琮雙眼含笑意，批改完我寫的化學題目後說：「錯了一題。」

「只錯一題？」我不敢置信地直起身子。

我知道顧琮成績好，可沒想到他連教學都擅長，簡直堪比速成班，不過才幫我上了幾天課，就讓我的成績突飛猛進。

我傾身向前，聆聽顧琮講解錯誤之處，弄清楚自己的盲點後，再試做了幾題同類型的題目，都很順利地解出來了，我頓時嘖嘖稱奇：「要是我之前考大學的時候有你當家教，說不定就上第一志願了，難怪人家都說有個好老師很重要。你有沒有興趣當老師啊？」

說著，我抬頭看見他精緻的臉龐，隨即打消了念頭，「不行，你長得太好看會讓女同學分心，沒辦法集中精神聽課，我看還是不要好了。」

顧琮被我逗笑了，「我和我媽不一樣，對當老師沒興趣。」

平常不笑的人，笑起來別有一番魅力。我托腮，仔細端詳著他，手指有一下沒一下地輕敲桌面，想像了幾個職業，都覺得和顧琮搭不上，於是開玩笑地說：「你的長相太適合出現在大螢幕上了，要不你考慮當演員吧？」

顧琮無奈地搖搖頭，「不了。」

「太可惜了。」我故意大聲嘆了口氣，誇張的反應令他嘴角的弧度又上揚了些，我不禁輕聲說：「你笑起來很好看，應該要常笑。」

聞言，顧琮似乎感到彆扭，斂起了笑容轉移話題：「話說……妳不打算繼續寫小說了嗎？」

「我……」我撇開眼，吶吶地道：「我很久沒寫了，而且其他人都寫得太好了，文字生動優美，劇情安排得很精彩，相較之下，我的作品那麼糟糕，這世上根本不差我的創作。」

顧琮不認同地反駁：「妳為什麼要跟別人比較？這個世界不正是妳打造的嗎？難道妳覺得妳所創作出來的我很糟糕？」

「你這麼說太犯規了吧！」我抗議。

「有自信一點。」顧琮淺笑道：「有些故事只有妳才能寫出來，既然喜歡寫作，就不要輕言放棄。」

「嗯。」有了顧琮的鼓勵，我內心的徬徨一掃而空，居然還湧起了一絲興奮，腦中很快冒出許多靈感。

我喜孜孜地想跟他分享，卻發現顧琮直盯著我瞧，「怎麼了？」

「沒事。」他搖搖頭，「對了，你們家這次連假出去玩幾天？從明天開始就不在家了嗎？」

「爲了避免塞車，今天晚上就會出發了，接下來會一路玩到南部，回來最快也是禮拜日下午了，所以算起來是……」我掰著手指，最後朝他豎起四根指頭，「四天四夜！放心，我不會忘記帶伴手禮回來給你的，如果你有想要什麼，可以傳訊息給……」

「我不需要什麼伴手禮。」顧琮握住我的手，眼裡閃過一絲不安，嗓音低沉：「妳早點回來就好。」

放學後，察覺到我最近成績進步神速，蘇瑀凌問起原因，我便坦白說出顧琮替我補習的事。

「什麼嘛！原來是因爲有顧琮幫妳。」她恍然大悟，「難怪妳不去宋老師的加強班了，哎！見色忘友。」

我沒告訴蘇瑀凌那晚的事，倒不是怕她不相信我，而是想等待一個更好的時機，況且這件事牽涉到的不單只有我一個人。

「妳最近有看到姜妘嗎？」

「姜妘？怎麼了嗎？」蘇瑀凌疑惑地揚起眉，「我昨天經過一班時有看到她……

對了，我們校慶那天看到她時，她人就已經很瘦了對吧？也不知道是不是因爲考試壓力太大，我發現她現在更瘦了，簡直快變成皮包骨，感覺整個人也憔悴很多……」

我心一沉，「是嗎……」

顧琮說，他會處理好所有事，我不必煩惱，我不曉得他的計畫是什麼，但我什麼都不做眞的可以嗎？

「奇怪，佟默哥怎麼還沒來接妳？你們不是趕著今晚就要出發去玩嗎？」來到校門口，蘇瑀凌四下張望。

到處都沒看到佟默的身影，我同樣十分疑惑，這時口袋的手機傳來震動。來電顯示是佟默，接起後，電話那端有點吵雜，伴隨著佟默慌張的聲音：「佟寧，媽被送到醫院了，我正在趕過去，妳下課後直接回家。」

我還來不及說上話，佟默已經掛斷電話。

「怎麼了？」

「我先走了。」我沒跟蘇瑀凌解釋太多，匆匆攔了臺計程車，同時撥了通電話給佟默，詢問醫院的位置。

在護理師的指引下，我來到了手術室外，佟爸爸和佟默正一臉沉重地站在那。見到我，佟爸爸皺眉看向佟默，「不是要你別讓寧寧過來嗎？」

「是我自己堅持要來的。」我說，「發生什麼事了？爲什麼突然要動手術？」

佟默疲憊地揉了揉太陽穴，「媽上班時忽然胸悶、全身冒冷汗，她同事覺得不對勁，緊急將她送來醫院。檢查後發現她兩條心血管出現嚴重阻塞，得立即安排手術安裝支架。」

「手術需要多久的時間？」我著急地問：「已經進去多久了？」

佟默怔愣地看著我，我又喊了他一聲：「哥？」

佟默垂下眼簾，「醫生說這不是很複雜的手術，我們不用太擔心，應該很快就會出來了。」

聽他這麼說，我點點頭，鬆了一口氣。

不久後，手術室大門被打開，主刀醫師走出來，我們三人急忙迎上前。

「醫生，我老婆情況怎麼樣？」佟爸爸手足無措地詢問。

「手術很順利，等下會直接送到內科加護病房觀察二十四小時，情況良好的話，一兩天就可以出院了。」

「謝謝你。」佟爸爸緊繃的情緒緩和下來，眼角泛紅，「眞的很謝謝你！」

「不會，這是我該做的。」

佟媽媽在恢復室的期間，佟爸爸先去辦理住院手續，然而佟媽媽的包包和健保卡等物品都還在佟默手上，他發現後和我說了一聲，便立刻追了上去。

我坐在家屬等候區發呆，聽見身旁不遠處一對母女的對話。

「怎麼那麼久還沒出來，手術不是已經結束了嗎？」

「阿公是全身麻醉，恢復意識需要更長的時間，倒是妳，不是常喊腰痛？既然都來醫院了，乾脆去給醫生看一下。」

「就說是老毛病了，沒大礙。」

我愣愣地望著那對母女，女兒看起來和我原本的年紀差不多大，我因此想起了最後一次跟媽媽見面的情況，心頭不由得感到一陣酸澀。

「妳都痛得走不動了，爲什麼不去看醫生？如果我不在家的時候，妳又發作了怎麼辦？」

「不用啦，去一趟醫院還得跟工廠請假，這樣就少了一天的工資，不划算不划算。」

「什麼不划算，薪水能和身體健康相比嗎？而且我又不是沒工作。」

「妳賺了錢就好好存著，澤彥人雖然好，但女孩子還是要經濟獨立，才不用看人臉色，委屈自己。」

媽媽因爲工作的關係，需要長時間彎腰，幾年前就頻繁地腰痛，勸她去看醫生，她總是隨便敷衍我幾句。

大學畢業後，我在北部租了房子，忙於工作，回家的時間更少了，常常好幾個月才回去一趟，待不到兩天便又離開。我沒有花費太多心思去關心她，直到最近一次回家，才發覺她腰痛發作時，竟會痛得無法動彈。

「出來了出來了！」

聽見醫院的廣播，婦人迅速起身，卻不由得哀號了一聲，手扶住後腰，她的女兒連忙伸手攙扶她，並輕斥道：「妳現在連站起來都痛成這樣，不管！等一下我就去幫妳掛號。」

我目送著她們離去，彷彿看見媽媽的身影和手撐著腰的婦人重疊。不知道媽媽她現在怎麼樣？腰還會痛嗎？有沒有去醫院？

一定沒有吧，說了那麼多遍，她都聽不進去。

從小和母親相處的時間不多，我實在不知道該如何與她溝通，我一直很想告訴她，不必再像年輕時，爲了養家而咬牙苦撐，我已經長大，有能力照顧她了。但我還沒將這些話說出口，就來到了這個世界，假使我沒回去，萬一媽媽發生什麼狀況，有誰能陪伴在她身邊？

「請問李嘉玉的家屬在嗎？」一位護理師在家屬等候區的門口喊著，「李嘉玉的家屬在現場嗎？」

李嘉玉是佟媽媽的名字，我回過神來，想要回應，突然間卻猶豫了。

「我是李嘉玉的兒子。」聽到呼喊，正巧返回的佟默小跑步過來。

護理師轉向佟默，「待會患者就要從恢復室移轉到加護病房，目前她的意識清楚，你們可以趁機和她說說話……」

聽著他們的對話，我默默退到一邊，倚著牆柱，低頭盯著鞋尖。

強烈的失落感瞬間襲上心頭，我曾經如此渴望和嚮往這樣的家庭，可當眞正擁有了這一切，爲什麼我還是感到孤獨空虛？像是偷了不屬於自己的東西，無論再怎麼愛不釋手，終歸還是別人的。

「佟寧？」佟默不知道什麼時候和護理師說完了話，來到我面前。

佟寧？

是了，他們疼愛的、想看見的，是佟寧，不是我。

我眞的可以用佟寧的身分在這裡生活嗎？我眞的可以拋下原有的一切，留在這個世界嗎？

「爸說就算媽住在加護病房，他也要待在離媽最近的地方，所以他今天晚上會留在醫院。等會我先送妳回去，順便幫爸媽收拾一些衣服帶過來。」見我沒回應，佟默又問：「佟寧，妳有聽到嗎？」

我輕輕點了頭，「嗯。」

待佟媽媽從恢復室轉入加護病房，我和佟默便坐了計程車回家。

我們一起上樓收拾佟媽媽需要的物品……準確來說，全都是佟默整理的，因爲我根本不清楚每樣東西的擺放位置，在今天之前，我甚至沒進過主臥房。

即使佟默讓我待在家就好，我仍堅持陪他下樓等計程車，沒什麼理由，只是覺得好像應該這麼做。

「我回來也晚了，今天這樣折騰下來妳也累了吧？早點休息，不用等我。」

「好。」

「時間晚了不能洗衣服，妳就先放在髒衣籃，我明天再和媽他們換下來的衣服一起洗。」

「嗯。」

佟默頓了一秒，「謝謝妳今天趕過來。」

我納悶地抬頭，對上佟默的目光。

「妳介意嗎？」佟默若無其事地拋下一顆震撼彈，「我喊妳佟寧？」

我詫異地瞪大眼睛，「你、你的意思是……你怎麼會知道……」

「怎麼會知道妳不是佟寧嗎？」佟默把我沒說完的話接下去，就像在說一件無關緊要的小事，而不是他的妹妹換了個人這種不可思議的怪事。

「爸媽他們……」我的腦袋有些混亂，「我是說佟寧的爸媽也都曉得了嗎？」

佟默搖頭，「沒有，他們完全不知情。」

佟默的話讓我放下心來，他們對我太好了，我害怕他們知道眞相會傷心，更害怕他們看待我的目光會改變。

「你是怎麼發現的？」我問，「爲什麼不拆穿我？」

佟默輕笑一聲，「我妹妹從來不會乖乖叫我哥哥，一直都沒大沒小的，做事橫衝直撞。然而有一天，她突然變得乖巧有禮貌，我雖然覺得不對勁，可也沒有往怪力亂神的方向想過，畢竟誰會認爲自己妹妹的身體裡是另外一個靈魂呢？」他看著我，溫和地說：「但妳跟佟寧的行爲舉止、個性確實存在非常大的差異。」

佟默談起佟寧的口吻是那麼地親暱，可見他們兄妹感情深厚。

我低下頭，感到無地自容。我以爲自己隱瞞得很好，但我沒被發現的最大理由，可能只是這些愛著佟寧的人，不願相信她已經不存在於這個世界。

「後來我遇到了顧琮，他竟然問我『佟寧在家裡常常下廚嗎』。」佟默搖頭嘆息，「我那個妹妹怎麼可能下廚？自從她差點燒掉廚房後，我家就禁止她動手做菜了。」

顧琮會那麼問大概是在確認我和佟寧不一樣的地方，是不是從那時候起，他就開始相信我說的話了？

「顧琮都告訴你了吧？」這樣也好，起碼我不用再解釋自己的異常，我當時怎麼有勇氣對顧琮說這是一個小說世界的？現在想想，只要是正常人，都不會相信如此荒謬的話。

「沒有，顧琮什麼都沒說，甚至連妳不是佟寧這點，他也沒說。」

「那你……」我十分訝異，所以反而是我親口證實了自己不是佟寧？

「既然知道了我不是你妹妹，你都不覺得害怕嗎？難道你不想弄清楚妳妹妹去了哪裡？」我忍不住問，佟默怎麼沒有以爲佟寧是被鬼附身，還是精神出了狀況？

聞言，佟默揚起嘴角，「顧琮都不怕妳了，還和妳愈走愈近，我又有什麼好害怕的呢？」

此時，一臺計程車在我們面前停下，佟默沒再說下去，先將行李放上車。上車前，他轉過身來對我說：「我只想問妳一個問題……我的妹妹會回來嗎？」

我羞塊地躲開佟默的眼神，「我不知道。」

就算我選擇回去，也沒辦法保證佟寧一定會回來。

「假如我的妹妹回不來了，妳會一直待在她的身體裡嗎？」

「我——」我想到了自己的母親，還有在醫院時產生的空虛感和動搖，佟家人對佟寧的愛，讓我無法自私地說要留下。可在這一瞬間，腦海閃過顧琮的臉，我忍不住說：「如果是呢？」

「那我會把妳當作自己的妹妹，也會對爸媽保密，妳就放心地以佟寧的身分活下去吧。」

「為什麼？我不是佟寧，不是你們眞正的家人。」

「但妳今天還是出現在醫院了不是嗎？」佟默嗓音沙啞，似乎做了一個艱難的決定，「我當然希望佟寧能回來，可若她回不來，就請妳替她好好地活著吧。至於我爸媽……他們年紀大了，承受不了失去孩子的打擊，或許我還得謝謝妳，至少妳願意陪在他們身邊。」

我選擇留在這個世界，眞的是對的嗎？

佟默走後，我反覆地思索著，我想留在這裡，就只是因為顧琮嗎？還是……其實我不敢回去面對眞實世界？

搭電梯上樓的途中，我下定決心去找顧琮聊聊，釐清心裡的迷惘，卻在走近他家門口時，發現門旁擺放著一雙男款皮鞋，從款式來看顯然不是顧琮的鞋子。

顧琮家有客人？

隱約聽見一陣腳步聲朝顧琮家門口接近，我來不及多想，下意識躲進一旁的逃生出口。

下一秒，門打開了。

「你會遵守約定吧？」我清楚地聽見顧琮的聲音。

「當然，難得我兒子有事找我幫忙，我可是一回國就馬上趕過來了。」

兒子？這個說話的人是校長？

「給我個準確的日期。」顧琮絲毫不領情，「什麼時候他才不會再出現在學校裡？」

「哎，我也不好平白無故地辭退宋老師，總得給我一點時間想想辦法、找個理由吧。」

辭退宋老師？宋必嗎？爲什麼顧琮要拜託他爸爸？

「對了，那個女生是不是叫佟寧？我記得她去年就曾經檢舉過宋老師對女學生性騷擾，但始終找不到被害人，所以最後不予受理。她眞是不屈不撓啊，就這麼跟宋老師過不去？」

原來如此，佟寧不知爲何得知了宋必侵犯姜妘的事，於是站出來檢舉宋必，但姜妘不願出面作證，才有了我撞到姜妘，她反過來向我道歉的那件事。

顧琮不耐煩地說：「你不需要管那麼多，隨便你用什麼方法，只要趕走宋必就行了。」

「幹麼這麼緊張，我不過是想好好感謝她，讓我兒子願意乖乖聽我的安排。」對於顧琮的態度，校長一點也不在意，隨著清脆的皮鞋聲響，我看見地板上的影子往外延伸，連忙又將身子往後挪了些。

「我沒記錯的話，她住在正對面吧？」校長笑問，他來到佟家門前，從我的角度可以看見一名跟顧琮眉眼有些相似的中年男子。

「他們全家出去玩了，你按門鈴也沒人會應門。」

「是嗎？眞可惜。」校長放下伸向門鈴的手，故作可惜地嘆了口氣。

「這是我和你之間的協議，與她無關，你最好不要接近她。」顧琮的語氣冷得彷佛能凍傷人。

「說協議也太現實了，不如說是做父親的爲了兒子的未來，所進行的一場條件交換。我是爲你好，以後你會感激我的。」說完，等不到顧琮回應，校長聳了聳肩，

「我走了，你早點休息，好好讀書，別再多管閒事，畢竟想考上醫學系沒那麼簡單，就算是你也一樣。」

校長離開後，顧琮遲遲沒有移動腳步。

不知過了多久，直到聽見顧琮關門的聲音，我才無力地蹲下身，感覺像有一把利刃用力劃過我心臟，強烈的疼痛絞得我幾乎無法呼吸。

「如果妳覺得痛苦，就留在這個世界吧，讓我來保護妳。」

「再給我一點時間，我保證，妳不會再看到他。」

顧琮竟是拿他的未來作爲條件，換取我的安全。

第九章

意外聽見顧琮和他父親做條件交換，我思緒凌亂，不知道該怎麼面對他，只好先做一隻逃避現實的鴕鳥，隔天一大早就往醫院跑。然而我出門時的動靜還是被顧琮察覺，他便跟著我來到醫院慰問佟媽媽。

也許是以為我掛心著佟媽媽的復原狀況，顧琮對我迴避他的行為，並沒有太在意。

「阿姨，我先回去了，明天您出院我再過來幫忙。」

「哎，不用麻煩，我才住幾天而已，沒那麼多東西要帶回家。」佟媽媽笑盈盈地回應。

「沒關係，我待在家也沒什麼事。」

語音剛落，顧琮看了我一眼，我立刻移開視線，並從桌上摸了顆蘋果，對佟媽媽說：「蘋果對身體好，不是都說『一天一蘋果，醫生遠離我嗎』？我再削一顆給妳吃吧。」

我拿起削皮刀低頭裝忙，等到顧琮離開病房後才停下手中動作。

一抬頭，就接觸到佟母古怪的眼神，我開口詢問：「怎麼了嗎？」

「妳和顧琮最近發生什麼事了？平常不是巴不得把握每分每秒與人家相處，這兩天顧琮主動來探望我，妳怎麼看起來像在閃躲他？甚至連目光都不太敢對上。」

「沒有，我不是在削蘋果嗎？看著他會削到手啊。」我眼神飄忽，隨便扯了一個藉口，怕佟母繼續追問下去，我趕緊拿起一旁的水壺起身，「水沒了，我、我去裝水。」

出了病房，我朝飲水機走去，而飲水機前站著一名眼熟的女子。她笑著對我點點頭，我隨即認出她就是那晚在家屬等候區，坐在我身旁那對母女中的女兒。

「那個男生是妳的男朋友嗎？」在等待注水的期間，女子主動開啓話題。

「啊？」

「抱歉，我是不是太冒犯了，我只是覺得你們看起來很相配。」女子不好意思地說，她指著不遠處的一間病房，「我阿公的病房在那，昨天和今天都看到那個男孩子陪妳一起過來。」

我點點頭表示了解，她似乎誤會了我的意思。

「哇！學生時期的純純戀愛眞好，你們要好好珍惜，這會是很珍貴的一段感情呢。」女子語帶羨慕，「唉，說到這個我就後悔，我學生時期的戀愛學分可是完全不及格，根本白過高中生活了。」

雖然她口中說著後悔，表情看來卻不是這麼一回事。

「如果有一天……」我忍不住問：「妳能回到過去，再過一次高中生活，妳願意嗎？」

她眼睛一亮，抿嘴認眞思考了半晌，最後微笑搖了搖頭，「應該不會吧。」

「爲什麼？妳不是後悔沒有好好談一場戀愛？」

「那只是說說而已，我遺憾的事又不只這一件，在人生路上的選擇有太多了，我不可能知道選擇哪一條路才不會後悔，若後悔的話，現在就再努力一點吧！」女子開朗地說：「每個痛苦到覺得快死掉的瞬間，我都奮力撐了過來，才不想再重新經歷一遍。而且就算重來一遍，肯定也會有不滿足的事，倒不如好好把握現在。」

說著，她俏皮地吐了吐舌頭，「不過要是能背好樂透號碼再回到過去，我倒是挺樂意的。」

我被她的話隱隱觸動，彷彿迷霧逐漸散開，看見了前進的方向。

「我好像耽誤妳太久的時間了。」女子捧著早已盛滿的水壺，讓出位置，「換妳裝水吧，我先回病房了。」

我把水壺放在注水口下，見她還沒走遠，我突然有股衝動，出聲喊住她，「妳媽媽的腰痛好多了嗎？」

女子愣了下，「那天全被妳聽到了啊。我後來硬把我媽拖去看醫生了，接下來已經安排好療程，她會慢慢好起來的。」

「祝妳媽媽早日康復。」

「妳也是，希望妳的家人也能平安健康。」

我微微一笑，「一定會的。」

✿

出院當天，佟爸爸開車到醫院，顧琮也來了。我們一起將行李放進後車廂，正準備開門上車時，卻發現車門鎖起來了。

我疑惑地敲了敲車窗，副駕駛座那側的車窗緩緩降了下來，佟媽媽笑咪咪地探出頭，「連假四天大半時間都泡在醫院裡，太可惜了，剩最後一天，寧寧妳就和顧琮去約會吧。」

「咦？」

「爸爸也答應了，不信妳問。」

我望向駕駛座上的佟爸爸，他一臉掙扎，最後還是佟媽媽用力擰了他手臂一把，他才心不甘情不願地點頭，不忘再三叮囑，「寧寧，六點以前一定要回家！」

「六點？她又不是小學生，設這麼早的門禁幹麼！」

「不管，我說六點就六點……」

佟爸爸賭氣地說，接著他果斷地踩動油門駛離，徒留我和顧琮兩人呆站在醫院大門口。

一段時間沒單獨相處，我們彼此都有些尷尬，然而繼續僵持下去也不是辦法，於是我主動開口打破沉默，「不然……就隨便走走吧。」

「好。」

我和顧琮搭車來到了人潮聚集的商業區，此時街上的學生情侶出奇地多，閃得我眼睛都快瞎了。

旁觀著他們的各種黏膩舉動，我忍不住感嘆自己眞的老了。現在的年輕人眞大膽，在公眾場合摟腰親吻，全然不顧他人目光，不像我，最多只能接受牽手，而我也特別喜歡牽手的感覺。

我沒注意到號誌燈已轉變，過馬路的行人向我們蜂擁而來，幸好顧琮及時拉住我的手，才不至於被人群衝散。

顧琮牽著我走上班馬線，一抵達對面，他便鬆開了手。不知道哪來的勇氣，我反手握住他，「牽著吧。」

他怔愣地看著我，眼底流露一絲笑意，收緊了掌心。

我們漫無目的地到處亂逛，什麼事也沒做，時間卻飛快地流逝，直到天邊漸漸染上了夕陽餘暉，我們都沒有放開彼此的手。

回家的路上，我們經過麥當勞，門口有個小孩正坐在地上大哭，任憑他的媽媽怎麼說就是不肯走。

我情不自禁停下腳步，顧琮問我：「妳想吃？」

我搖搖頭，忽地想起從前，「我跟你說過吧，我是單親家庭，家裡的經濟重擔都在媽媽身上。為了賺更多錢，她兼了兩份差，在工廠裡做大夜班，我起床上學時，她還沒回來，而我放學回到家，她已經出門工作了，根本沒時間管我。但她從來沒有忘記在桌上放一百塊。」

「一百塊？」

「嗯，那是我一整天的餐費，不過小孩子都愛吃速食，當時我就故意不吃早餐，把錢省下來，晚上買麥當勞吃，結果某天被我媽媽發現了，她把我狠狠臭罵了一頓，要我不准再吃這種垃圾食物。」

「然後？」

「我覺得很委屈，明明平時也不管我，憑什麼怪我吃速食、對我生氣，所以我就離家出走了。」

「離家出走？」顧琮表情詫異。

「騙你的。」我輕勾起唇，「怎麼可能眞的離家出走，我只是氣得關在房裡哭了一整晚，和我媽媽冷戰了幾天，之後莫名其妙就和好了。」

小時候不理解媽媽的苦心，只在乎自己的感受，長大後才明白她當時的不得已，但我始終沒有勇氣拉近彼此的距離。

「妳——」顧琮想說些什麼，一個穿粉色背心的工讀生突然跳出來打斷我們，「你好，你們是情侶吧？是高中生還是大學生呢？」

聞言，我和顧琮雙雙沉默。

工讀生乾笑了幾聲，連忙打圓場：「不是情侶也沒關係，我們的品牌晚上會在前面的廣場舉辦活動，參加的話有機會得到獎品，有空可以一起來玩。」

向我們微笑致意後，工讀生繼續搭訕路人宣傳活動，但我還在意著他的問話。我和顧琮看起來像情侶嗎？但我們不曾將關係說明白，深怕一個不小心，我會因此離開這個世界。

現在我們還能保持曖昧，難道未來也必須一直如此？我到底要耽誤顧琮到什麼時候？

思及此，我猶豫了，手不自覺地放開，卻被顧琮更用力地握住。

我抬頭望向他，「一直這樣下去沒關係嗎？」

「只要妳在我身邊，我無所謂。」

顧琮的眼神毫無動搖，可我幾乎壓抑不了內心的酸澀。強迫自己揚起嘴角，我對他說：「我們回去吧。」

一回到熟悉的街區，我們便默契地鬆開了彼此的手。

送我到家門口，顧琮再次確認了時間，「好險，還差五分鐘就六點了。」

「幹麼這麼小心？」

「因爲我不希望妳被禁止和我單獨相處。」

「嗯……明天我們再約會一次好不好？」我凝視著他深邃的雙眸，「約在放學後，圖書館旁邊的櫻花樹下。」

「爲什麼要約在那裡，不找個咖啡廳？」

「我覺得那裡更有意義。」我認眞地說。

顧琮同意了這個提議，他讓我先進門，我拒絕了，「你先回去吧，我怕我一開門，佟寧爸爸就衝出來審問你。」

顧琮輕笑了下，「那明天見。」

「明天見。」我望著他轉身進門的背影，直到淚水模糊了視線。

至少今天，是我目送他離開。

晚上洗完澡準備休息時，佟媽媽喊了我：「寧寧，妳過來一下。」

我來到主臥房，佟媽媽出院後大部分的時間都在床上休養。即使心導管手術傷口小，術後對活動力的影響不大，但擔心她的身體狀況，我們還是接手了所有家務，更要求她沒事不要隨便下床，讓她好氣又好笑。

我站在房門口，一時不知該如何是好，有些僵硬地問：「有什麼事嗎？」

「上來呀。」佟媽媽拍拍床鋪，示意我坐到她身邊。

我遲疑了幾秒，才緩慢地爬上床，卻並未太靠近佟媽媽，彼此之間隔著約一顆枕頭的距離。佟媽媽沒有察覺到我的疏離，主動伸手將我攬在懷裡，「今天怎麼了？和顧琮約會不開心嗎？整個晚上都沒見妳笑過，一副心事重重的模樣。」

我先是身體緊繃，而後才在佟媽媽溫暖的懷抱裡逐漸放鬆，我搖搖頭。

「還是連假出去玩的計畫取消了，所以不開心？」

我再次搖頭。

「那是爲什麼？嗯？」

伏在她的肩膀上，聽著她溫柔的聲音，我的眼眶頓時一熱，淚水忍不住滑落，「我明白自己不能再逃避，得鼓起勇氣，可是我好害怕，眞的很害怕，我不清楚以後會變得怎麼樣，不知道自己有沒有能力去承擔接下來的一切……」

我不應該說這些的，她肯定覺得沒頭沒腦，說不定還會起疑，然而我實在不曉得該如何面對這份恐懼。

「沒事的，大家都是這樣，遇到困難的關卡時都會想逃避，都會這樣懷疑自己。」她輕柔地撫摸著我的頭髮，並沒有問我究竟遭遇了什麼，只是溫柔地說：「所以不要害怕，妳身邊還有愛妳的人，只要照著自己的步調來就好，儘管現在很痛苦，但總有一天會過去的。」

這個瞬間，我有種奇妙的感覺，好像佟媽媽說話的對象並不是佟寧，而是我。

「寧寧！妳怎麼在哭？」沙啞的男聲不合時宜地破壞了氣氛，剛從浴室回房的佟爸爸見我滿臉淚水，匆忙爬上床。他手足無措了老半天，而後像是想到了什麼，捲起袖子就要起身，「是不是那個臭小子欺負妳？我這就去教訓顧琮！」

我破涕為笑。

佟媽媽連忙拉住氣得跳起來的佟爸爸，「別鬧了，顧琮怎麼可能欺負寧寧。」

「為什麼不可能！不然好端端的，寧寧為什麼哭？一定是他的錯，我絕不會放過他！」看佟爸爸一副隨時要去找顧琮算帳的架式，我連忙拉住他的衣襬，低聲解釋：「跟顧琮沒有關係。」

佟爸爸臉色柔和了些，他坐了下來，小心翼翼地抹掉我的眼淚，「寧寧，爸爸不是要阻止妳談戀愛，顧琮很好，但妳也不差，不管什麼時候，沒有人能讓妳受委屈。」

聞言，我的眼淚掉得更凶了。我用力點點頭，他們給予的關懷，消弭了我心中大部分的不安。

我躺在他們兩人中間，等到他們都睡著了，我才輕手輕腳地出了房間。

客廳的燈亮著，佟默坐在沙發上，尚未進房睡覺。

「妳……要離開了？」佟默很敏銳，儘管我什麼都沒說，他似乎也能察覺。

「嗯。」

「那佟寧她……」

「我想，佟寧她會回來的，我相信。」我衷心地說：「有你們這樣的家人，佟寧怎麼能不回來呢？」

「妳呢？」佟默關心地問：「妳會如何？」

「當然是回去我的世界啊。」看著佟默驚疑的表情，我語調輕快，「不然你以爲我是孤魂野鬼嗎？不是的，我是從另一個世界來的，而且告訴你一個祕密，我已經二十四歲了，比你還大，卻要喊你哥哥，所以一開始我實在喊不出口。」

佟默笑嘆，「這麼說，我還占了妳的便宜。」

「不，我要謝謝你。」我搖搖頭，認眞地告訴他：「我一直很想要有一個哥哥，像你這樣的哥哥。」

佟默摸摸我的頭，「我也很高興有妳這個妹妹。」

我用力眨眼，忍住即將湧出的情緒，我們並肩而坐，享受這靜謐的片刻。我想佟默肯定有很多疑問，但他體貼地選擇了沉默。

最後，他只問了一句：「顧琮知道嗎？」

我努力微笑，「我會好好和他道別。」

連假過後，我提早來到學校，只爲了能和姜妘單獨說話。姜妘的用功是全年級出了名的，班導更是常常拿姜妘當範例，說她向來都是班上第一個到校的學生，總是利用早自習之前的時間念書。

一靠近一班教室，我就不受控制地回想起那晚的遭遇，我站在走廊，閉上眼睛拚命深呼吸，待緩過來後才握緊拳頭邁步向前。

姜妘果眞已經在教室裡面，我出聲輕喚她的名字，她望了過來，臉色霎時變了。她立刻朝我走來，一副準備興師問罪的樣子，「妳不是答應過我，絕對不會說出去嗎？爲什麼顧琮知道了？妳還告訴了誰，有多少人知道宋必對我做過的噁心事？妳是不是想毀掉我的人生？」

姜妘用力抓住我的肩膀，尖銳的指甲刺入我的肉裡，她幾近崩潰地哭喊，全身不停地顫抖。

我沒有推開她，而是伸手輕輕地抱住她。

姜妘是所有人心中美好的憧憬，她的形象完美無缺，容不得一點瑕疵。也正因爲如此，她絕對不可能向別人訴說自己受到了玷汙，宋必便是看準了這點，才會對她予取予求。

「對不起。」我輕輕拍了拍她的背，「我可以和妳保證，除了顧琮，沒有其他人知道。姜妘，我們想幫妳。」

姜妘伏在我肩上嚎啕大哭，而我像顧琮曾經做過的那樣，靜靜地給予她依靠，耐心等待她平復情緒。在這之前，她究竟獨自承受了多少壓力？甚至必須和宋必處在同個空間裡，這又是多麼巨大的精神折磨？

過了不久，姜妘終於冷靜下來。

她清秀的臉蛋滿是淚痕，抽抽噎噎地說：「妳來找我做什麼？我以爲我已經跟顧琮說得很清楚了……上學期妳爲我挺身指控宋必，我沒有出面是我的錯，可是我眞的沒辦法……」

「如果我說，受害人不只有妳呢？」

姜妘驚訝地瞪大眼睛。

「宋必他也想對我……」我艱難地說：「幸好顧琮及時趕到，救了我。但宋必不會就此收手，若我們不揭發他的惡行，以後可能還會有更多的受害者出現，到時候誰可以救她們？」

顧琮大概是爲了保護我，所以並未對姜妘說出實情，姜妘拒絕後，他才轉而和校長交換條件。然而這不只是我和姜妘兩人的事，倘若我們都選擇隱瞞，會不會反而助長了宋必的底氣？同時，我也希望姜妘能夠正視內心的傷口，若不去理會，那道傷只會在黑暗之中靜靜潰爛，無法痊癒。

我直視姜妘，「我要再次告發宋必，妳這次願不願意和我一起站出來？」

姜妘下意識迴避了我的眼神，我並不意外。對受害者來說，克服心中的障礙需要很大的勇氣，我又何嘗不是在顧琮的支持下，才終於能夠擁抱眞實的自己？無論結果如何，我都衷心祝福姜妘早日走出陰霾，別再爲了別人的過錯苛待自己。

「我明白了，我不會提到妳的。」

踏出一班教室之際，姜妘的聲音止住了我的腳步，「但我們沒有證據。」

「誰說沒有？」我說，「我們的痛苦，就是最好的證據。」

一滴淚自姜妘的臉龐滑落，「妳不害怕嗎？他們會說妳勾引老師，就算最後妳的說詞被採信，他們也會對妳指指點點，覺得妳是不乾淨的人。」

「我不怕。」我也跟著紅了眼眶，「因爲做錯事的人不是我們。」

姜妘低下頭，久久不語。

「而且，有個人打算拿他的未來，換取我的平安，我不能讓他這麼做。」

我不相信宋必，也不相信校長，他們是一丘之貉，憑什麼我們要忍讓，令他們更加猖狂？顧琮現在退了一步，難保校長不會步步進逼，顧琮的未來不該被這種人操控，我想要他自由自在地生活。

「我眞的……」姜妘微弱的嗓音帶著哽咽，「有可能從這場噩夢中醒來嗎？」

「妳得先伸出手，身旁的人才有辦法抓住妳。」

今天的最後一堂課是英文課，大家來到視聽教室。趁著上課前，我向夏時衍真誠地說了聲感謝，然後又回來抱抱蘇瑀凌，「謝謝妳，妳之後一定會遇上很好很好的人。」

「幹麼啊，突然這麼肉麻兮兮，妳是跟誰玩眞心話大冒險輸了嗎？」

我沒有回答蘇瑀凌的問題，只是說：「還有，幫我轉告妳姊姊，在一段感情中，如果只剩下退讓和委屈，那已經不是愛了。」

夏時衍和蘇瑀凌都被我突如其來的舉動弄得一臉茫然，我輕笑了幾聲，不再多說。

我轉身離開，蘇瑀凌喊道：「佟寧妳要去哪?準備上課了。」

我回頭，目光所及之處，還能見到顧琮的身影。我攥緊手中的手機，若無其事地告訴蘇瑀凌：「我有點事，很快就回來。」並在她沒注意到的時候，小小聲地補了一句：「拜拜。」接著頭也不回地走出教室。

伴隨著上課的鐘聲，我先是進了學務處，對於「佟寧」再次控訴宋必老師染指學生，學務主任先是有些不耐煩，但我出示了姜妘提供的訊息截圖，宋必充滿暗示的訊息內容明顯超出了分際。學務主任看了之後，立刻鄭重地表示他會呈報性平會，絕對會給學生一個交代。

幸好不是所有師長都是宋必和校長那樣的人渣，看到學務處老師們憤怒和心疼的表情，我爲姜妘感到欣慰。

然後，我來到校長室。

不顧外間校長祕書的阻攔，我直接闖入校長辦公室。

聽見騷動，那個與顧琮眉眼有幾分相似的男人不悅地抬起頭：「怎麼回事？現在不是上課時間嗎？妳是哪班的同學，怎麼這麼不懂規矩？」

「我是二年十班的佟寧，和顧琮同班。」我冷冷地說，「我想您應該知道我是誰。」

校長一愣，隨即示意祕書離開，並將我從頭到腳打量了一遍。

「原來妳就是佟寧。」校長雙手環胸，往後輕靠在椅背上，「我記得妳哥哥佟默成績非常優秀，去年本來可以錄取醫學系，只是不曉得在想什麼，最後居然選了個冷門科系，妳爸媽也不阻止，眞是太讓我失望了。」

校長不滿地蹙眉，竟是先談起了佟默，彷彿佟默當初的選擇令他耿耿於懷至今。

難道不選擇醫學系的學生，在他眼裡什麼都不是嗎？

「妳來找我幹麼？」

「我只是來告訴您，您和顧琮的約定就此作罷，關於宋老師的事我已經通報學務處了，我相信學務主任會秉公處理，不需要您再多費心了。」

校長沉下聲，「同學，妳應該誤會了什麼，我對顧琮只有做父親的期許，與妳說的……宋老師的事情無關。」他語帶威脅，「我不清楚妳通報的是什麼事，但宋老師的爲人眾所皆知，妳這麼誣衊老師不太好吧？」

「父親的期許？」我不屑地看著他，「您只是把顧琮當成一顆有用的棋子，根本不是眞心在乎他，您的爲人才眞的和宋必一樣，『眾所皆知』呢。幸好好老師還是挺多的，就算您是校長也無法隻手遮天。」我毫不客氣地嘲諷校長。

「年輕人這麼沒禮貌，我看我必須重新審視一下全校的德行教育了。」校長陰沉地說，不再假裝不知情，口氣輕蔑，「我聽說妳成天追著我的兒子跑，不好好念書，行爲如此不自愛，還三番兩次針對宋老師，或許是妳勾引宋老師不成，惱羞成怒之下，才對宋老師潑髒水……」

「是不是也不是您說了算。」雖然早有心理準備，但校長的話觸動了我內心那份恐懼的記憶，不過我依舊努力挺直背脊，「性平會會還我一個公道，若沒有，我會繼續告發，甚至不惜向媒體爆料，公開讓社會大眾評斷。」

「妳——」校長用力拍桌。

「佟寧——」

「總之……」門被推開的瞬間，我也說完自己想說的話，「請您不要再想著操控顧琮了，他有自己的人生！」

顧琮怔愣地站在門口，身旁是慌張的校長祕書，我過去拉著顧琮逕自走出校長室，將校長氣急敗壞的聲音拋在背後。

圖書館旁的櫻花仍一如初見般盛放，回想起和顧琮第一次見面時發生的事，我忍不住笑了出來。我當時腦子究竟是哪裡不對勁，才會想出那麼做作的臺詞？

我笑著看向顧琮，自然地問：「你怎麼知道我在校長室？」

「我在教室裡沒有看到妳，問了蘇瑀凌，她說妳有事出來了，我本來是先來這裡找妳，結果圖書館阿姨說，她看到妳往校長室的方向去了。到底怎麼回事？妳去學務處通報了嗎？」顧琮的語氣沒有太多的起伏。

櫻花花瓣在身邊飛舞，我的心中如釋重負，這一刻，我感覺故事眞的要走到盡頭了。

「那天我聽到了你和你爸爸的談話。」

他微微一愣，「妳聽到了？」

「嗯，全部。」

「那妳爲什麼……他已經答應我了。」他嗓音微微嘶啞，「妳很快就不會在學校看到宋必了。」

「我知道，你眞的盡全力保護著我，但不可以，現在他干涉你的大學志願，未來就會對你要做什麼工作指手畫腳，再接下來呢？也許你得因此不斷向你爸爸妥協。」

「這只是暫時的，以後我會變得更有能力，不必再聽他……」

「不只這件事。」我打斷他，「顧琮，我終究不是佟寧，即使過得再幸福，這些都並不是屬於我的東西，我只是在逃避，暫時偷了別人的人生。」

顧琮深邃的瞳眸緊鎖著我，眼底的情緒複雜難辨。

「是你給了我勇氣，告訴我，我不需要成爲任何人。曾經我的世界就只剩下我男朋友，我以爲失去了他，世界就會一夕崩塌，但如今我才發現，我忽略了許多一直陪在我身邊的人。」我強忍住眼眶泛起的溫熱，硬是扯了扯嘴角，「所以我不能再逃避了，我的家人一定也在等我回去。」

顧琮蹙眉，不發一語。

「你笑起來多好看。」我刻意任性地道：「不要皺眉了，我不喜歡。」

聞言，顧琮稍微舒展了眉心，我開心地揚起笑，卻不小心笑出了淚花。

周遭的場景愈來愈模糊，我確定自己眞的走到了結局。無論顧琮是否表明自己的心意，我在這個故事中找到了自己，該是結束的時候了。

「謝謝你，跟你在一起的每個瞬間，都讓我感到非常幸福。」把握住最後的時刻，我深深地凝望著顧琮的眉眼，「其他要交代的事，我上次講過了，相信以你超群的記憶力一定不會忘記，再講一次好像太煽情了。你呢？沒什麼話想要對我說嗎？」

顧琮頓了頓，緩緩開口：「妳會做得很好的。」

「什麼？」我摸不著頭緒，而顧琮將我抱進懷裡，「無論什麼事，妳都會做好的，我相信妳。」

我反抱住顧琮，聽他輕輕地在我耳邊說：「我媽媽曾經告訴過我，當這棵櫻花樹開花時，會帶來珍貴的寶物，她沒有騙我，因爲妳出現了。」

「我喜歡妳。」

隨著他的話語落下，一道巨大的力量拉住了我，意識開始逐漸恍惚，我脫離了顧琮的懷抱，看著他的身影忽隱忽現。他的眼底泛起點點碎光，映出二十四歲的我眞實的模樣，「謝謝妳來到我身邊，我絕對不會忘記妳的……」

「許若庭。」

我緩緩睜開眼，還沒搞清楚狀況，一道熟悉的女聲自我耳邊響起。

「阿姨阿姨，若庭醒了！」

「若庭，妳有沒有哪裡不舒服？聽得見我說話嗎？」

媽媽的淚水滴落在我的臉頰，是那麼的滾燙……我終於反應過來，伸手抱住媽媽，忍不住放聲大哭。

我回到原本的世界了，這個沒有顧琮的世界。

住院期間，周澤彥來探望過我幾次，每當我想和他講清楚，他都要我先調養好身體，有什麼事等之後再說，拖著拖著便到了出院前一天。

「妳明天出院，我向公司請假來接妳吧？」

「不必了，語玲已經請了特休，有她在就夠了。」

此時周澤彥放在桌上的手機螢幕亮起，我瞥見來電顯示的名稱是李妍茗，周澤彥猶豫了一下，並沒有馬上接聽。

我們都知道，意外前一天的爭執還沒有過去，然而他的目光不時地掃向手機，於是我主動開口：「你不接嗎？」

他像是獲得了特赦般，立刻抓著手機起身，「那我出去接一下電話。」

周澤彥返回病房後，不出意料表現出一副欲言又止的模樣，我淡淡地說：「你要先走了，對吧？」

「妍茗出了點狀況，需要我過去幫她。」周澤彥神情為難，每次都是這樣，如果我不答應，好像就會顯得自己很不近人情。

「所以，若庭我得——」

「澤彥。」我平靜地說，「我們分手吧。」

曾經我那麼害怕從他口中聽到這句話，可最後卻是我主動提出分手。

「若庭，妳明明知道我跟妍茗……」

「我知道。」我不想再聽到那一貫的臺詞，「但我不願再假裝不在意了。」

「妳到底怎麼了？這麼反常，一點都不像以前的妳。」他緊蹙眉頭，像是在控訴我的無理取鬧。

「你眞的記得以前的我是什麼樣子？」我反問。

周澤彥被我問得愣住了。

「澤彥，我並不獨立，很多時候我也希望能有個人陪在我身邊，哪怕什麼都不做，只是靜靜地陪伴也好。但每次在我最需要你的時候，你不是爽約，就是出現後，沒一會就走了。」

「那妳應該告訴我啊！妳不說我怎麼知道？」

「我說了你就會留下來嗎？還是會像那晚一樣，聽見了卻還是執意離開？」

周澤彥嘴巴張了又闔，最後還是沉默下來。

凝重的氣氛令人感到窒息，我深吸一口氣，開口爲這段關係劃下句點，「澤彥，我們就到這裡吧。」

出院當天，原本媽媽也想來醫院接我，但她爲我擔心受怕那麼多天，身體早已快要承受不住，我便要她在家休息，只讓鄭語玲來協助我辦理手續。

「欸，蘇瑀凌！我——」

「又叫我蘇語玲！」鄭語玲對我橫眉豎眼，「妳腦子還沒好嗎？從醒來後就一直幫我改姓，我爸哪裡惹到妳了？」

察覺自己又再度口誤，我懊惱地搔了搔後腦勺，「沒有，我只是一時還改不過來。」

「有什麼好改不過來的，我從以前就……不過說到蘇這個姓，我高中喜歡的學長就是姓蘇。」

「妳喜歡的學長？」

「妳不記得了？我不是常拉著妳去看他社團的成發。」

原來蘇這個姓還有這樣的涵義，我這才意識到，每個故事細節其實都保留了青春期的珍貴回憶，一旦想起來，不由得讓人會心一笑。

「妳眞的不記得了？」鄭語玲又問。

「妳高中喜歡那麼多個學長，我怎麼可能每個都記得？」我吐槽她。

「我對其他人是欣賞，和對蘇學長的喜歡是有區別的好嗎？啊不說了，都過去多久了……倒是妳怎麼了，之前不管我怎麼勸說妳都聽不進去，怎麼突然就跟周澤彥分手了？」鄭語玲最後巡視了一遍置物櫃，確認沒遺漏東西後，將櫃子關上，「妳都不曉得，當我得知妳從天橋上摔下去，還是在和我講完電話不久後，我整個人都傻了，以爲是我說的那些話影響了妳，才害妳出意外。在妳昏迷的這一個多禮拜，我都不知道該怎麼面對阿姨，還好妳總算醒了，也沒有大礙。」

想到鄭語玲這陣子以來一定非常難過自責，我雙手合十，語帶歉意地說：「對不起，不關妳的事，是我自己走路不看路。」

「說對不起就有用嗎？」

「不然，我請妳吃飯，看妳想吃什麼，隨便妳點。」

「算了吧，妳這個失業人士裝什麼闊……哎，妳就這樣辭職是不是太便宜那個垃圾主管了？」

「以後妳就知道了。」我神祕兮兮地說。

醒來沒多久，我就向公司遞了辭呈，公司也沒有任何挽留的意思，只要再找一天去跑個程序就好。沒了工作，我不但不焦慮，心情還意外輕鬆，「我打算趁機好好放個長假，也帶我媽去看她的腰。而且說實話，我沒有很喜歡那個工作，當初只是覺得是大公司，職位聽起來比較配得上周澤彥罷了，工作還是要選喜歡的才能做得長久啊。」

「許若庭，妳簡直判若兩人耶！」鄭語玲揚起眉，「去鬼門關走一趟，突然醒悟了嗎？要不要跟我分享妳看到了什麼？有沒有帥氣的陰間使者？」

「如果有帥氣的陰間使者，我還會回來嗎？」我對她挑了挑眉。

「嘖，妳這沒良心的，我收回剛剛那句話，等妳找到工作，我絕對要狠狠敲妳一大筆！」鄭語玲撂下狠話。

「可以，到時候不用妳說，我會自動奉上第一個月的薪水。」我收拾好筆電，和鄭語玲一同往外走。

「咦，不對啊！」鄭語玲擰眉看我，「妳讓我幫妳帶筆電來，還以爲妳是要投履歷找下一份工作，但妳又說要先休息一段時間，那妳這幾天在忙什麼？」

我腳步一頓。

醒來愈久，我愈覺得自己像做了一場很長很長的夢，然而那些記憶是如此眞實，只要閉上眼睛便歷歷在目。

就算我離開了，那個世界還是會照常運轉吧？我如此深信。

「這個嘛。」我抱緊筆電，輕聲說：「是因爲我想爲他做一件事。」

「他？」鄭語玲疑惑地問：「妳說誰？」

「很重要的一個人。」

❀

公車沿著山路前行，一路顛簸晃動，窗外的景致隨著海拔高度的變化而有所轉換。

我欣賞著窗外的風景，這時手機響了。

我接起電話，鄭語玲劈頭就問：「許若庭，妳幾點下班？前陣子妳忙到過了三天才回我訊息，想約妳吃個飯都不行。我不管！今天我一下班就去接妳，不准再加班了啊！」

「可是我不在公司耶，我今天請假。」

「請假？」鄭語玲顯然相當訝異，「妳這個工作狂會請假，去哪了？」

「賞櫻。」

「賞櫻？妳什麼時候對大自然這麼感興趣？」鄭語玲納悶地說，「去年也是，連跑了好幾個地方說要看櫻花。」

「只是覺得……」我低聲說：「到了這個季節就特別容易想起他。」

也許是分別那時，漫天櫻花飛舞的畫面在我腦海裡刻下了印記，每當春天來臨，在那個世界經歷的一切便隨之鮮明了起來。可惜現實中不管是哪個品種的櫻花，花期都不長，無論我跑了再多地方，櫻花終有凋落的一天。

「妳說什麼？」鄭語玲沒聽清，又問了一次。

「沒什麼，今天就這樣吧，我們明天再約。」

掛上電話後，我將目光投往窗外，路邊已經能看見幾棵稀疏的櫻花。

兩年了，我離開那個世界已經兩年了，大家過得好嗎？你和佟寧呢？算一算，你們應該高中畢業上大學了吧？

在這兩年裡，我結束了一段維持很久的關係，也辭掉了原本的工作。偷偷告訴你，我離職後在網路上匿名發了篇文章，揭發主管的惡行，沒想到引來許多曾經的受害者留言，後來聽說主管被開除了。

我曾以為，一無所有的我日子會很難熬，但真正放手後，才發現沒什麼大不了的。現在我在一間小公司上班，雖然忙碌，不過每天都過得很充實。

對了，我也重新開始寫作了，雖然還是寫得不好，但每當我懷疑自己的時候，你說過的話就會帶給我力量，讓我能繼續努力前進。

每一天，我都在學習更喜歡自己一點。

即使我的文字還有許多不足，但我用盡了全力，寫下了那個故事的結局，希望能夠帶給你幸福。雖然我不確定這麼做是否有用，我只是衷心如此期盼。

你知道嗎？好不容易從電腦資料夾中找出小說的檔案後，看著故事內容，我全身起了一層雞皮疙瘩，因爲我憑自己意志做的事，和劇情發展完全一樣。像你生病時，我去你家做飯給你吃，考慮到你當時不適合吃重口的食物，所以選擇煮粥，而小說裡的佟寧也爲你煮了粥，雖然最後她把粥煮焦了。

截然不同的兩個人，卻做了同樣的事，這要說是命運，還是世界的規則？

所以我想，或許我能夠改變你的世界。

決定接續這個故事後，我一直在思考，我要保留我們之間的回憶嗎？還是全然抹煞我的痕跡，讓你有個全新的開始？

沒有考慮太久，我選擇了後者。

動筆改寫小說的時候，我腦中總是不由自主地冒出我們之間發生過的種種，想到這些都將只有我一個人記得，我無法不爲此心揪難受，但我不希望你因爲我的離去而感到悲傷。

所以，讓你忘了我也沒關係。

至於佟寧，她是個很好的女孩，樂觀開朗、活潑可愛，是我文筆不夠好，將她的性格表現寫得太過頭了，這次我收斂許多，跟她在一起，你一定也會和我一樣慢慢喜歡上她的。

此時，公車到達終點站，我下了車，沿著步道繼續往山上走，山頂的櫻花全盛開了，一股微風徐徐吹過，帶落幾片花瓣。

在櫻花紛飛下，我似乎又看見了那個少年的身影，耳邊彷彿也聽見了少年說的最後一句話。

「我絕對不會忘記妳的……許若庭。」

眞奇怪，明明我從來都沒有告訴過你我的名字，你怎麼知道的？是我打瞌睡時說了夢話？還是哪次小考時我又不小心寫了眞正的名字？你發現了也不提醒我，該不會是想看我穿幫吧？這樣就太過分了。

不過如今，我也算是報復回去了，不經你的同意就擅自安排了劇情，抹去你的記憶，你知道後肯定會很生氣吧？

但顧琮，我一點都不在乎你沒有做到你的承諾。謝謝你，總是把我當作禮物般珍惜地對待，願你在的世界燦爛如昔，這是我送你的最後一份禮物，一個眞正屬於你的Happy Ending。

我喜歡你。

全文完

番外
重新寫下的結局

這裡是？

我猛然回過神，皺眉看著眼前的環境，過了幾秒才反應過來……這裡是校門口？

「叭——」

還弄不清上一秒在圖書館的自己為什麼突然來到這裡，我便聽到刺耳的喇叭聲。

我轉過頭，見到一臺卡車急駛而來，下一秒，一個嬌小身影朝我奔來，瞬間和我腦海裡的某個畫面重疊。

她是誰？佟寧？還是……已經消失的許若庭？

我來不及思考，對方已經毫不猶疑地伸出手，奮力將我推開。

我直覺地想伸手拉她一把，但我的手完全不聽使喚，就這麼被她推至人行道。伴隨著尖銳的煞車聲，耳中霎時嗡嗡作響，我頭痛欲裂，各式各樣的聲音在腦中交雜。

「我是穿越過來的，你身處的這個世界是我寫下的故事，我只是想讓劇情走向好的結局，讓我能回去原本的世界。我知道這很難理解、很荒謬，可是我說的都是實話……」

「顧琮，其實眞正的我是個普通上班族，我是某天下班時不小心從天橋摔下來才會……」

「對不起，眞的對不起，你會遇到危險都是因爲我，要不是我，你不會過得這麼辛苦……」

我痛苦地摀住頭，許多畫面在腦中交錯旋轉，每一幕都有同一名女孩的身影。

「總得試試吧，說不定會出現奇蹟，搞不好咻一下，我就回到現實世界了。」

「謝謝你，跟你在一起的每個瞬間，都讓我感到非常幸福。」

和她在一起的過往像席捲而來的海浪，狠狠地拍上岸後，只留下滿地泡沫，帶走了所有的痕跡。

「顧琮、顧琮，你沒事吧？」

一位女老師輕輕拍了拍我的肩膀，擔憂地問。

「你還好嗎？」

頭痛趨緩，我抹掉額上滲出的冷汗，稍微緩了下呼吸，點點頭，「還好。」

「陳老師！」

「我馬上過去。」聽見有人呼喊，女老師回頭望了一眼，又問我：「顧琮，你能走嗎？一起去醫院做個檢查比較安心。」

在女老師的攙扶下，我坐上了救護車，而擔架上的女孩——是佟寧。

「你打算站在這裡多久？」佟默學長向我招手，「佟寧沒事，過來吧。」

來醫院的途中，我從老師口中了解了大概狀況，佟寧在危急時刻衝過來推了我一把，結果導致她自己受傷，並且因爲衝擊太大，她當場昏了過去。不幸中的大幸是，肇事司機及時煞停，才不至於釀成悲劇。

「對不起。」我低聲說。

「又不是你的錯，說什麼對不起。」

「是我——」

「欸？不能去學校？可是明天是校慶耶！」佟寧元氣十足的聲音從急診室病床的簾子後傳出，「我要去，我想去嘛！醫生不是說只要別做太激烈的運動，注意一點就可以了嗎？」

「聽到了吧？這麼有精神，哪像是剛出車禍的人。」見我遲遲未動作，佟默學長再度開口：「你如果覺得抱歉，就親自對她說吧。」

「嗯。」我默默跟在佟默學長身後。

「下禮拜二有化學課，如果要請假休養的話，就請那天……顧琮！」一看到我，佟寧直起身子，關切地問：「你沒事吧？我聽說你撞到頭了，受傷了嗎？」

「我沒事。」她完全不在乎自己受的傷，只在乎我，我的視線移至她纏著繃帶的腿上，「倒是妳……」

「這個啊，只是纏著繃帶才看起來很嚴重，其實沒什麼。」佟寧輕鬆地說，還試圖抬起腿向我證明，立刻被一旁的佟阿姨制止。

「妳這孩子沒弄斷腿是不是不甘願？」

佟寧喔了一聲，悻悻然地把腿給放了下來。

「哥哥，你在這裡盯著她，我打電話告訴爸爸，讓他不用急著趕過來。」佟阿姨交代完佟默學長，輕聲對我說：「顧琮，你和阿姨出來一下好嗎？」

我跟著佟阿姨走到了醫院外。

「顧琮，寧寧的傷你千萬別放在心上，她平時就少根筋，做事衝動，就算沒有今天這件事，她身上也老是帶傷，你不需要覺得愧疚。」

「但確實是因爲我，才會發生這種事。」

佟阿姨溫柔地拍了拍我的肩膀，「最重要的是你們兩個都平安無事，別想那麼多了。」

我不想辜負她的好意，於是應道：「嗯。」

幸好佟寧只是挫傷，沒有骨折或腦震盪的情況出現，為保險起見，醫生還是建議觀察休養個幾天。

之後，我與佟家人一同搭計程車返回住處。

「顧琮，你今天也累了，早點回去休息吧，佟寧明天請假在家，下禮拜回學校上課時應該就好很多了，不用擔心。」

「咦，我什麼時候說我要……」佟寧大聲嚷嚷，卻在佟阿姨銳利的眼神掃過後，聲音不自覺變小，「在家休養了。」

「平日上課也沒見妳這麼積極，總之妳別去學校給同學添麻煩。」佟阿姨示意佟寧進門。

「媽……」

「進去。」佟阿姨毫不動搖。

見佟寧失落地垂下肩膀，慢吞吞地往家裡走，我忍不住開口：「阿姨，如果不介意，我可以幫忙照顧佟寧，避免讓她的傷勢加重，可以允許她和大家一起參加園遊會嗎？」

佟阿姨回過身，輕嘆了口氣，「顧琮，你不必遷就這孩子，難得的園遊會還得照看著佟寧，太麻煩你了，還是讓她待在家……」

「我才不會。」

「不會的，不麻煩。」

佟寧和我同時出聲，她急著想說什麼，然而觸及我的視線又縮了回去。

我誠懇地看著佟阿姨，「正因爲是難得的園遊會，如果錯過了就太可惜了。」

見佟阿姨表情有些鬆動，佟寧趁勢抱著佟阿姨的手臂撒嬌，「媽，我一定聽話，不會隨便亂跑，也會注意保護傷處的。」

佟阿姨想了想，最終還是同意了，「好吧，那妳明天得安分一點，別給顧琮添亂。」

佟寧的表情瞬間變得明亮，用力點了點頭。

「顧琮，明天就拜託你照顧寧寧了。」

「好。」

❀

其實我不知道佟寧執著來園遊會的理由，就像我從來都無法理解，她爲什麼總是如此精力充沛。

即便走路有點一跛一跛，她仍是堅持走過每一攤。

「顧琮，你要不要吃章魚燒？」

「你看！那邊有人在丟水球，你要不要去玩？」

「冰淇淋呢？今天天氣一點也不冷，很適合吃冰淇淋。」

「妳走慢一點。」我在後頭不斷叮嚀她，縱使我拒絕了她所有的提議，逛了一圈下來，佟寧手中仍提了不少食物。

鄰近攤位的休息區早已坐滿了人，我們只好來到教學樓，坐在入口處的階梯上。坐下後，我替她一一打開餐盒，佟寧只是盯著我看，我問她：「怎麼了？」

「太多了，我一個人吃不完。」

「那妳幹麼買這麼多？」我不禁無奈。

「因爲每個看起來都很好吃嘛。」佟寧眨了眨眼，「浪費食物是不好的行爲，所以你幫幫我，一起吃吧。」

見我沒有反應，她繼續哀求，「拜託啦，丟掉很可惜耶！」

拗不過她，我拿了根竹籤，主動插了一顆章魚燒送進嘴裡，佟寧見狀，也開心地端起剛剛買的炒泡麵享用起來。

解決完所有食物，我將垃圾打包成一袋，佟寧突然起身朝我伸出手，「我拿去丟。」

我目光掃過她受傷的腿，「妳還是坐著吧。」

丟完垃圾回來，我遠遠就看到佟寧站在階梯上，根本坐不住。看她依舊這麼有活力，完全沒有傷患的樣子，我好奇地問她：「園遊會有這麼好玩，讓妳無論如何也想來？」

佟寧遲疑了下，「也不是啦。」

「那是爲什麼？」

「其實也沒有什麼特別的理由。」佟寧頓了頓，直直地注視著我，「單純不希望你和去年一樣，難得的園遊會，卻一個人待在圖書館。」

聽見意料之外的答案，我愣住了。

佟寧搔搔頭，「啊，抱歉，我又自作主張了，但就當作回報我昨天救了你一命吧！這下我們誰也不欠誰，所以昨天的意外你不用放在心上，因爲你已經補償我了。」

她沐浴在陽光下，細軟的髮絲隨風飄揚，靈動的雙眸像流淌著光，明媚耀眼。

我凝視著她，一時不知該怎麼回應，直到她從階梯走下，我直覺地走向前，剛好趕在她踩空之際扶住她，「小心。」

佟寧攀著我的手臂，站直身子，「等下我哥會過來接我，顧琮你有事就先走吧，今天我很開心，謝謝你。」

我猶豫幾秒才說：「我送妳回班上的攤位等。」

我陪著佟寧走到我們班的攤位，蘇瑀凌一見到我們便急匆匆地跑過來，「佟寧，妳去哪了？」

「找我幹麼？」

「沒有啊，想問妳佟默哥什麼時候來，怎麼到現在都沒看到人。」

「再過一會吧，他說到了會傳訊息給我。」

「喔。」蘇瑀凌語氣難掩失望，而後像想起了什麼，一臉八卦地用手肘撞了下佟寧，「對了，妳猜我剛剛看到誰？」

「誰？」佟寧調侃她：「又發現哪個帥氣的學長了？」

「才不是。」蘇瑀凌翻了個白眼，「是宋老師！」

「宋老師？」佟寧皺眉，「妳說宋必？他回來了？」

「對啊，聽說宋老師下星期復職，但好像不會再帶我們班的數學了。」此時，司令臺傳來斷斷續續的撥弦聲，蘇瑀凌眼睛一亮，「唉呀！熱音社要開始表演了，我先走了。佟寧，佟默哥一來妳要馬上通知我喔。」

蘇瑀凌匆匆離去，只留下神色凝重的佟寧，她口中喃喃自語，「不行，我得去找她……」

「找誰？」我問。

佟寧嚇了一跳，「顧、顧琮，你還在啊？」

「妳要找誰？」我再問了一次，她和蘇瑪凌對話時的異樣我全看在眼裡，於是我試探地問：「是宋老師嗎？」

佟寧慌亂地擺手，「不是、不是……」

「宋老師怎麼了嗎？」

佟寧支支吾吾，最後直截了當地說：「你不要追問了，這件事我不能說。」

佟寧的個性根本瞞不住事情，她愈不肯開口，我愈覺得有問題，但宋老師為人溫和有禮，講課生動有趣，非常受大家歡迎。我想不到會是什麼原因，讓她聽到宋老師的名字就變了臉色。

「好，我不問，那妳告訴我，妳現在要做什麼？」

「我要找姜——」佟寧說到一半，頓了一下，又改口：「宋必！他可能還在學校，我要找到他！」

「我跟妳一起去。」

根據其他同學所說，宋老師才剛離開沒多久，我們原以為他會在自己班級的攤位上，可不只一班的攤位，我和佟寧找了每一個攤位，始終不見他的身影。猜想宋老師可能在辦公室，於是我們重回教學樓，我對佟寧說：「我上樓找看看，妳腳上有傷，在這一層繞繞就好。」

「好，待會直接在樓下會合。」

正打算分頭行動，一道細微的女聲突然從走廊深處傳來。

佟寧不由分說循聲而去，我連忙跟在她後頭，前往位於走廊末端的教室。

這時人群都集中在操場，教學樓內幾乎沒有人，愈深入走廊，那道聲音愈清晰，我感覺不太對勁，拉住佟寧比了個噤聲的手勢，悄悄地靠近。

「你放開我！我叫你放開我！」一個女生憤怒地喊著，嗓音聽起來很年輕，像是怕引來關注，她刻意壓低了聲音。

「這麼久沒見，妳怎麼變得這麼不可愛了？我可是很想妳呢。」

「你再不放手，我就要大喊了！」

「想喊就喊吧，我倒想看看妳的同學見到這幕會有什麼反應？」

我和佟寧蹲在教室邊的窗戶下小心地往裡看，竟見到姜妘和宋老師。頓時，我明白了佟寧想隱瞞的事情是什麼。

在同學們眼中是好老師的宋必，此刻正抓著姜妘的手腕，身子與她貼得很近，嘴上不停調笑著。

「姜妘，妳不敢，妳想想妳的同學會用什麼眼光看妳？妳足夠勇敢的話，當初那個叫佟寧的女生爲妳向學校投訴我的時候，妳怎麼不站出來呢？」

「那個死變態！」佟寧低咒了一聲，準備衝進去。

「不行，現在還不是時候。」雖然訝異，但我冷靜地梳理一遍狀況後，提醒佟寧：「手機。」

「什麼？」

「妳用手機錄影，保留證據。」我解釋道：「我們必須有證據，才能眞正幫助姜妘，我會適時阻止宋必的行爲，不會讓他傷害到姜妘。」

佟寧明白了我的意思，急忙從口袋掏出手機對準教室裡的兩人，開啓錄影模式。

我則繃緊神經，死死盯著他們的動作，拿捏著進去解救姜妘的時機。然而就在宋必抓著姜妘的手往上扣住，並仗著身材的優勢將她壓制在牆上時，我的心底驀地燃起一股強烈的憤怒。剎那間，我徹底失去了冷靜，反射性衝了過去。

「顧琮！不要！」佟寧幾近哭喊的呼喚傳入耳中，讓我回過了神。

我發現自己一手揪住宋必的衣領，另一手握拳懸在半空中，正準備朝宋必的臉揮下，手臂卻被佟寧死命抓住。而宋必的嘴角微微紅腫，模樣狼狽，四周桌椅傾倒，姜妘已不見人影。

被自己的舉動嚇了一跳，我緩緩放下高舉的手，宋必見狀，用力推了我一把，「搞什麼！校長的兒子很厲害嘛，還可以對老師動粗？」

宋必理了理領子，逕自走出教室。

我一陣恍惚，被他推得直接撞上了牆面，佟寧關切地問：「顧琮，你沒事吧？有沒有哪裡不舒服？背痛不痛？」

我抬起頭，在對上她目光的那刻，腦海閃過一段陌生的記憶。

「除了頭痛外，還有哪裡不舒服？比方說喉嚨或是腸胃？」

「妳是我媽嗎？」

「呃……如果你要這麼想也可以……」

我感到一陣暈眩，佟寧扶著我在一張椅子上坐下，一臉擔憂，「去一趟保健室吧？你臉色真的很差，是不是昨天車禍的後遺症？要不要去醫院做一次詳細檢查？」

「我沒事。」我晃晃頭，「先回去班上吧。」

因爲情況太過詭異，導致我思緒混亂，將佟寧交給佟默學長後，我便先回了家。

回到家，我不斷回想著那從我腦中閃過的記憶片段。從對話內容和場景來判斷，發生的時間點應該是在我前陣子感冒的那天，那一天來過我家的人就只有佟寧，可是那段對話並不像我和佟寧之間會有的，難道是別人？

可如果不是佟寧，那個人會是誰？我怎麼對她毫無印象？

還是說，那段記憶其實只是一場夢？根本不是眞實發生過的事，所以我才記不起對方是誰？

而我又為什麼會突然情緒失控？宋必非常可惡沒錯，但我心中那沒來由的強烈憤怒是怎麼一回事？我明明知道自己應該冷靜。

無論我怎麼想，也找不出合理的解釋。

✿

如佟阿姨所言，佟寧的傷不嚴重，校慶後在家休養了兩天就好上許多，整個上午甚至都不見她下課待在教室內。我原本打算今天找她討論宋必的事，卻始終找不到機會。

直到午休，我才在圖書館見到她。

「妳這樣四處跑，萬一腿上的傷……」

「顧琮，我說服姜妘向學校舉報宋必了，也把影片當作證據交出去了！這樣宋必就不能再繼續傷害姜妘了，對吧？」

原來佟寧下課都不在教室，是跑去找姜妘了。說實話，假如姜妘堅持不出面，甚至否認這件事，我們可能也拿宋必沒轍，即使私下通報，要是宋必把整件事鬧大，將會帶給姜妘二次傷害，這絕對是最糟糕的走向。之前姜妘寧可獨自忍受，也不願意讓別人知道，佟寧應該花了不少心思，才說服她站出來。

我一時沒回應，佟寧不安地看著我，吶吶地問：「我做錯了嗎？」

「沒有，妳做得很好。」我微笑，「接下來就交給學校處理，放心吧。」

「好！」佟寧像卸下心上的一塊大石，臉上揚起如釋重負的微笑。

「妳什麼時候知道這件事的？」

「上個學期。」佟寧開始娓娓道來：「有一天放學後我留在學校，意外撞見宋必正在對姜妘……在姜妘的哀求下，我隱瞞了她是受害者這一點，雖然和老師反應了宋必性騷擾女同學，但因為沒有證據，宋必的形象又太好，結果不了了之。」

對於讓姜妘擔心受怕了這麼久，佟寧顯然十分懊惱，但我明白身在其中的她並沒有表面上看起來這麼輕鬆。檢舉一個風評良好的男老師侵犯女學生不是一件小事，甚至很有可能被反咬一口，但她一點都不在乎自己的安危，只想著幫助姜妘。

「妳還是太魯莽了，既然妳得知宋必的行徑，應該要先串通姜妘收集證據，而不是隨便就幫她出頭。」我無奈地說，「這不是讓宋必將矛頭指向妳嗎？」

「我當時顧慮不了那麼多嘛！我怕宋必又對其他女生出手。」佟寧絲毫沒有反省之意，「幸好我馬上反應了，學校的調查好像嚇到了宋必，不然他怎麼會請長假？」

「那是他作賊心虛！」假如宋必狠一點，直接對佟寧下手怎麼辦？

「好啦，我知道，我會反省的！」佟寧一臉心虛，接著又擺正了姿態，「謝謝你，顧琮，如果不是你及時提醒我錄影，姜妘可能還是不願意站出來。」

「感謝妳自己吧，是妳一直把這件事放在心上，才能讓姜妘鼓起勇氣，眞正幫助她的人是妳。」我揉揉她的頭髮，「辛苦妳了。」

我感覺佟寧僵了下，慢慢地垂下頭，正納悶她在做什麼，就聽她緩緩吐出一句：「顧琮，雖然我之前說過盡量不讓你困擾，不過我可沒說不喜歡你了，你、你這樣會讓我誤會的！」

她的嗓音有些飄忽，我仔細一看，才注意到她正拚命壓抑著嘴角的上揚。雖然我對自己下意識的舉動也感到訝異，但此刻仍興起了逗她的念頭，「好，對不起，是我不對，下次我會離妳遠一點。」

「等等，我不是這個意思！」佟寧著急地抬起頭，在看見我的笑容後，委屈地癟嘴，「你故意的啊？」

我不否認，「剛才的確是故意的，現在就不是了，對——」

「別別別，當我什麼都沒說。」佟寧伸手摀住自己的耳朵，「我聽不見。」

望著她孩子氣的舉動，我彎起唇角。

佟寧放下手，眨著眼，直盯著我瞧。

她的視線太過炙熱，我不禁輕咳一聲，「怎麼了？」

「我可以問你一個問題嗎？」

「什麼？」

「你……是不是喜歡姜妘？」

佟寧的問題太天外飛來一筆，我一瞬間跟不上她的節奏，「爲什麼這麼問？」

「因爲那天你的反應太反常了！一點也不像你。」佟寧臉上流露出一絲難過，「好像受不了宋必觸碰姜妘。」

她的話又讓我想起那段既陌生又熟悉的記憶，一絲異樣的情緒浮上心頭，可我卻無從解釋自己的反常。

「沒有，我跟姜妘不熟。」我簡短地回答，並匆匆帶過這個話題，接著起身走到堆滿待歸位書籍的推車旁，「今天的書我來整理吧，妳休息一下。」

窗外豔陽高照，金燦的光線斜射進館內，當我將書歸位完，回過頭，發現佟寧已經疲倦地趴在桌上睡著了，大概是奔波一個早上累了。

陽光打在佟寧臉上，像鍍上了一層光暈，眼前這幕不知爲何有種熟悉感。

「來，跟著我念ㄒㄧ喜，三聲喜，ㄏㄨㄢ歡，一聲歡，喜歡。」

「說一句喜歡我這麼困難嗎？你要是不說，我怎麼知道我回不回得去？」

這聲音是……佟寧？不，不對，但她的聲音爲何跟佟寧一模一樣？

我腦海裡爲什麼會一直出現這些我不知道的記憶？

「顧琮，校長有事找你，要你去校長室一趟。」

這已經是今天第幾次了，當老師是他的傳聲筒嗎？我毫不關心他要說什麼，因此沒有去校長室，不料他卻直接找上門來。

「是、是校長欸！」看到那個男人等在圖書館門口，佟寧側過頭對我悄聲道。

嘆了口氣，我筆直地朝他走去。

「我不是請你們班導轉達，讓你過來找我？」

「你以後不要再任意使喚老師替你傳話給我了，這不屬於他們的工作範圍。」

聞言，他輕蹙起眉頭，想說些什麼，瞥見我身旁的佟寧頓時打住，「同學，妳爲什麼午休時間不待在教室，在外面閒晃？」

突然被點名，佟寧手足無措地回道：「我來圖書館幫忙。」

「既然如此就趕快進去。」

「……好。」佟寧看了我一眼，緩慢地邁步。

我明白他是想支開佟寧，但我自認和他無話可說，所以也抬起腳要跟著佟寧進圖書館，他卻立即叫住了我。

「顧琮，我有話要跟你說。」

「如果是要和我談大學志願，我想我已經說得很清楚了。」

「你要是清楚，就不該跟宋老師的事情扯上關係！一個姜妘不懂事已經夠讓我頭痛了，你知道現在宋老師反過來指控你對他暴力相向嗎？你怎麼會做出這種事？你是不是存心讓我難堪？」

「不懂事？」我不敢相信自己所聽見的話，「姜妘是受害者，校方不是應該盡全力保護她嗎？你反而指責她不懂事？」

「顧琮，通報後有很多程序要走，這些都會影響到你們讀書，你和姜妘都是老師們非常看好的學生，現在離學測剩幾個月而已，只要願意再忍耐一下……」

聽不下去他荒唐的言論，我轉身想走，此時尚未走遠的佟寧突然開口。

「校長，我不知道學校的處理程序到底有多複雜，我只知道姜妘今天鼓起了很大的勇氣，內心經歷了許多掙扎，才願意站出來。」

「我明白她心裡不好過，我也不是不幫姜妘同學，只是……」

「您不明白，如果您明白就不會輕易說出要她忍耐的話，您想過您口中的短短幾個月，她會過得多痛苦嗎？顧琮也好，姜妘也罷，他們的人生和未來都不該由您來決定……」佟寧無所畏懼地直視著那個男人，「即便您是顧琮的父親。」

我怔愣地望向佟寧，同時也注意到那個男人的臉色變得難看，我向前一步擋在佟寧面前，這時校長祕書迎面走來。

「校長！」

那個男人收回放在佟寧身上的目光，朝來人點點頭，「吳祕書，有事嗎？」

「我想和您確認座談會的名單……」校長祕書說著，遲疑了下，「您在忙的話，我晚點再找您？」

「沒事，我現在有空。」

他們轉身往校長室去，而那兩人前腳剛走，我就聽到身旁傳來一聲重重的吐氣，只見佟寧冷不防地蹲下身。

「呼，嚇死我了！」佟寧拍拍自己的胸口，一副心有餘悸的模樣，方才的氣勢蕩然無存，「你說你爸會不會通知家長啊？倘若我媽知道我在學校跟校長槓上……」

講到這裡，佟寧猛地打了個冷顫，「不行，我想都不敢想。」

「不敢想，倒是先做了？」佟寧這性格不知該說是正直，還是有勇無謀，「先起來吧。」

佟寧搖搖頭，「我腿還有點軟，得再緩一下。」

她抱膝蹲在地上，看起來比平時更嬌小脆弱，明明事後害怕得直發抖，方才卻依舊衝在最前頭。

心裡驀然一動，我彎腰與她的視線平行，「佟寧，其實我沒有妳想得那麼好，我沒有妳那麼勇敢，很多時候就算我再不願意，也會選擇妥協。例如爲了保住這棵櫻花樹，我可以答應他許多無理的要求，我不確定自己是否永遠都逃離不了他的控制。」

佟寧認眞地看著我，「顧琮，我不聰明，我沒有辦法考慮到太久以後的事，我只知道，現在我想待在你身邊，就像你保護著櫻花樹那樣，我也想守護你。」

她頓了下，嘴角揚起一抹笑，「而且我有信心，我能做到。」

雖然不清楚她哪來的自信，但她堅定的眼神似乎讓我對未來多了一點期待。

「不過話說回來，眞的是校長讓人砍掉櫻花樹的啊？太過分了！」佟寧一副氣得牙癢癢的樣子，「現在想起來還是好不爽，我可是一直等著櫻花盛開要來許願的，不只我，好多同學也一樣，他怎麼可以擅自決定留不留櫻花樹？校長就這麼了不起嗎？」

「妳想和櫻花許的願望跟我有關嗎？」

「咦？我、我……」佟寧頓時結巴起來，臉頰泛起淺淡紅暈。

「如果是的話，現在已經實現了。」

「嗯？」佟寧怔了幾秒，倏地瞪大眼，「顧琮，你的意思是……」

「然而我還是得跟妳說，我和妳不同，我不擅長與人相處，個性甚至有點孤僻。我沒有辦法保證自己絕對不會讓妳傷心，可是我會努力學習，即使不知道需要花上多久的時間。假如這樣妳也不介意……」

我話還沒說完，佟寧的眼淚就啪搭啪搭地掉了下來。她抬手不停地拭去臉上的淚水，一邊帶著哭腔說：「怎麼辦，在這麼漂亮的地方應該要很浪漫啊，但是我現在超級狼狽。」

果然佟寧就是佟寧，我永遠捉摸不透她的想法。我淺淺一笑，朝她伸出手，「那妳站起來整理一下，我重新說一遍。」

佟寧吸吸鼻子，胡亂抹了把臉，握著我的手站起身後，搖了搖頭。

「不管你說幾遍，我的回答都一樣。我喜歡你，顧琮，所以你不用勉強自己改變，我喜歡的就是原本的你。」

此時，一陣微風吹過，拂落片片櫻瓣，佟寧抬起頭，開玩笑地道：「看吧，現在它開得這麼美，要是當時被砍掉，我肯定會恨死校長的。」

「之前花謝的時候，我還以爲這棵樹會像傳說那樣就此凋零，沒想到它會再重新盛開，甚至開得更燦爛了。」

「花謝？」佟寧歪歪頭，「沒有啊，這棵櫻花自從盛開後，不是一直都開得很漂亮嗎？我還聽說這是一棵神奇的櫻花樹，永遠都不會凋謝。」

話語剛落，佟寧不經意瞥到了手錶上的時間，隨即啊了一聲，「糟糕！都這麼晚了，我得先去找阿姨簽到，否則阿姨會說我偷懶。」

她匆匆跑進圖書館，我望著她的背影，忽然想起曾經有那麼一個人對我說——

「或許你之後會忘了我，不過沒關係，只要你能獲得幸福就好了。」

我恍惚地注視著櫻花，似乎看見了一個女孩的模糊身影，無以名狀的悲傷盤踞在心頭，沉重得幾乎令我窒息。儘管心痛的感受如此清晰，可無論我多努力回想，仍記不起她的名字……

後記
找回迷失的自己

嗨，大家好！我是築允檸，很開心隔了一年多，又有機會在實體書的後記跟大家見面！

開頭先提醒大家，接下來內容有劇透，所以如果是還沒看完全部故事的孩子，請趕快翻回去才不會被爆雷喔！

如果要我形容《如果櫻花盛開》，我會說這是個充滿私心的老套故事，它不新奇、不特別，裡面甚至充滿著各種老梗（嗯？這樣搬石頭砸自己的腳是不是不太對XD）。

可是它卻是最貼近我的一個故事。

在下筆寫《如果櫻花盛開》前，我其實經歷了一段連自己都沒預料到的低潮期，明明想著要更進步，卻在不知不覺間開始對寫作感到恐懼。意識到這點，我回頭看了以前寫下的所有故事，不論是完稿或棄坑，試著想從中找回寫作的初衷，在這個過程，《如果櫻花盛開》的靈感也冒了出來。

題外話，雖然我早有心理準備，過去的故事肯定少不了黑歷史，但劇情亂七八糟就算了，我怎麼會連一些不必要的現實生活細節都寫進去，完全不知道那時候的自己在想什麼XD。

不過這或許就是寫作有趣的地方吧，它總是替我紀錄了一部分的生活。

說回這個故事，其中貫穿整個劇情的櫻花樹，其實算是個意外。因爲我之前曾經想寫一個以四季爲主題的系列作品，想用各季節的代表花來幫角色取名，但當時的人物關係架構太龐大，再加上每個故事的題材都需要查閱非常多資料，最終我發現自己駕馭不了，寫到六萬多字就棄稿了。

後來在寫《如果櫻花盛開》時，我便將櫻花與浪漫傳說結合，用另一種方式在這個故事中呈現出來。

現在回頭一看，要是沒有那些「黑歷史」，恐怕《如果櫻花盛開》也沒辦法順利誕生了。

然後不免俗地要來談談，可能會讓我被寄刀片的結尾（笑）。

連載期間我就收到不少覺得結局很遺憾的留言，不曉得讀者們看完實體版本後，會不會更失望？但我還是要說，也許這稱不上是Happy Ending，可是這是我滿喜歡的結局。

早在尚未動筆前，若庭和顧琮在櫻花樹下分離的畫面就不斷浮現在我腦海，而且越來越鮮明，幾乎可以說，我是爲了寫出那一幕，才會寫下這個故事。

當然，有段時間我也動搖過，考慮要不要讓顧琮成爲現實中的人物，不過回歸故事主旨，我定下的是「找回迷失的自己」，從這個角度來看，我還是覺得讓顧琮是小說人物比較好。相較於兩個人在一起的美好結局，我更想讓大家看見的，是若庭在這次穿書後的成長。

前期的若庭不勇敢，甚至有點懦弱，和我很像，而若庭的苦惱也都是我曾經有過的，藉由文字寫出來，除了抒發，也意外療癒了自己，只是我身邊少了個顧琮。

我一直都不是擅長傾吐煩惱的人，當我開始懷疑、討厭自己寫的東西時，比起找人訴說，我更傾向去翻網站上的留言。剛好趁著這次機會，想和曾經浮出水面的暖心寶寶們告白，你們的留言和私訊支撐著我走過許多低潮，眞的非常感謝（比愛心）！

還有，謝謝總編姊姊、責編辰柔，每回看到電校稿，我都覺得既愧疚又感激，因爲自己的不足，造成妳們很多負擔。因爲妳們，故事才能有現在的樣貌，希望未來自己在寫作方面能越來越進步。

最後，謝謝看到這裡的你們，就像故事裡顧琮對若庭說的，請你們記得，你們都是這個世界上最珍貴無比的存在。也許現在感到疲憊不已，但相信總有一天，會等來屬於你們的一片燦爛，我是這麼深深相信著。
那我們就下個故事再見啦！

築允檸

國家圖書館出版品預行編目資料

如果櫻花盛開／築允檸著. -- 初版. -- 臺北市：城邦原創股份有限公司出版：英屬蓋曼群島商家庭傳媒股份有限公司城邦分公司發行, 民 110.08
面；公分. --

ISBN 978-986-06868-0-7（平裝）

863.57　　110012559

如果櫻花盛開

作　　者／築允檸
企畫選書／楊馥蔓
責任編輯／楊馥蔓、林辰柔

行銷業務／林政杰
總 編 輯／楊馥蔓
總 經 理／伍文翠
發 行 人／何飛鵬
法律顧問／元禾法律事務所　王子文律師
出　　版／城邦原創股份有限公司
台北市中山區民生東路二段 141 號 6 樓
電話：(02) 2509-5506　傳眞：(02) 2500-1933
E-mail：service@popo.tw
發　　行／英屬蓋曼群島商家庭傳媒股份有限公司城邦分公司
聯絡地址：台北市中山區民生東路二段 141 號 11 樓
書虫客服服務專線：(02) 25007718・(02) 25007719
24小時傳眞服務：(02) 25001990・(02) 25001991
服務時間：週一至週五09:30-12:00・13:30-17:00
郵撥帳號：19863813　戶名：書虫股份有限公司
讀者服務信箱 email：service@readingclub.com.tw
城邦讀書花園網址：www.cite.com.tw
香港發行所／城邦（香港）出版集團有限公司
地址：香港灣仔駱克道 193 號東超商業中心 1 樓
email：hkcite@biznetvigator.com
電話：(852)25086231　傳眞：(852) 25789337
馬新發行所／城邦（馬新）出版集團 Cité(M)Sdn. Bhd.
41, Jalan Radin Anum, Bandar Baru Sri Petaling,
57000 Kuala Lumpur, Malaysia.
電話：(603) 90578822　傳眞：(603) 90576622
email:cite@cite.com.my

封面設計／Gincy
電腦排版／游淑萍
印　　刷／漾格科技股份有限公司
經 銷 商／聯合發行股份有限公司
電話：(02)2917-8022　傳眞：(02)2911-0053

■ 2021 年（民 110）8月初版　Printed in Taiwan

定價／280元

ISBN　978-986-06868-0-7